銀河で一番静かな革命

マヒトゥ・ザ・ピーポー

幻冬舎

どうか、動揺なさらぬよう、地球での残りの人間活動を健やかに過ごされることをお祈り、お願い申し上げます。

その星が地球と呼ばれていた頃

まだ乾ききっていない髪から嗅ぎ慣れないシャンプーの匂いがする。ユニットバスから蛇口をひねる音がして、しばらくするとシャワーの音が止まる。

いち。

に。

静かになる。自分の心臓の音が聞こえて、シーツから顔をはがして水滴の音の方を見る。風呂場のドアをあけ、濡れた髪をタオルで拭き取るあのひと。ずっと画面の向こうで見ていたひと。声にはもちろん出さない。ただジッと黙って見る。ちゃんとするんだ。散らばった前髪を手櫛で整える。

「ここのお湯、急に熱くなったりしない？」

眠る前、部屋のベッドの上でアイフォンの画面越しに毎晩、聞いていた声がする。

「うん。」

全然おもしろく返せないな。自分のそっけない時の声、とても嫌いだ。低くて冷たくて、何の意志もない、ただの音の羅列。

「今日、打ち上げ誘ってくれてありがとね。バンドのそういうの行ったことないから緊張しちゃった。」

「ごめん強引に誘っちゃって。イヤじゃなかった？」

聞き慣れたその声はやさしく、歌う声と話す声がほとんど同じ。

「ううん。楽しかったよ。ずっと気を使ってくれてありがとう。あ、ワタシね、明日のライブも行こうと思っていて、もうチケットも買ってあるんだ。」

バカ。ワタシが話せる残り少ない話題だったのに、もう使ってしまった。

「へー、そうなんだ。明日はここから五時間くらいかかるんじゃない？　でも最高のチョイスじゃん。」

「うん。」

会話終了。

アイフォンをいじりながら、男の人にしては少し長すぎる肩まである髪をドライヤーで乾かしている。乾燥しているのかな。唾が喉を通るその度に妙に引っかかる。

「喉が渇いたから、フロントでジュース買ってくるね。」

「あ、俺、ビールいい？」

「わかった。」

机の上に目をやるとＡｓａｈｉ ＳＵＰＥＲ ＤＲＹの空き缶がまだ汗をかいていた。あ、これワタシのお父さんがよく飲んでいたものと同じ銘柄。

真っ暗な廊下の突き当たりにあるエレベーターに乗って、二階のフロントへ向かう。左右上下の揺れは無機質で、運ばれるワタシは貨物だった。下降する古ぼけたエレベーターの暗がりでスリッパの中の素足の親指をまるめる。

アイフォンの画面を開き、手癖のようにInstagramを見ると、一番上には一分前のあのひとの投稿。今日のライブの打ち上げの写真だ。ワタシは奥の方でぼやけながら見切れてる。

「幽霊みたい。」

実際そんなところ。

あの居酒屋にいた人たちはワタシがなにも喋らずにいることをどう思っていただろう。いつもの光景?

きっとホテルに持ち帰られるってことはバレバレだったろうな。

写真の下には今日という一日が素晴らしかったみたいなことが、ポエトリー調に、現実よりややドラマチックに書かれていた。そう、ワタシがいつも「いいね」するやつ。

ドライヤーで髪を乾かしながら、ビールを買いに行っている間にこんなにも簡単に書けてしまえるものなんだ。浮ついているからか、緊張しているからか、今日のワタシには白々しく思えて何の感情も残らなかった。

深夜二時、誰もいないフロントに着くと、その端にぼんやりとした灯。二台の自販機はじりじりと暗闇を焼くようにうごめいている。

一つは缶ビール、一つはレモンウォーターを買う。お釣りを取る時、足元に灰色の蛾がピクピクと動いてるのを見つけて、ワタシは小走りでエレベーターへいそぐ。すぐにドアは開いて人差し指は七階を押す。エレベーターはゆらめきながら、ワタシの体を乗せてきたその階へと戻っていく。

この入れ物はずっとそれだけをただ繰り返している。そういう機械なのだ。その機械にはその機械の役目がある。

エレベーターの中の鏡に映る自分の顔を見ながら思う。あの蛾はケムシとして地面を這っている時から自分が蝶ではなく蛾として生まれることを知っていたのだろうか？　ワタシは緊張していて、神経が過敏になっているのかもしれない。死にかけていたそれは床のカビのような臭いと相まって、粉っぽく鼻腔に絡みついて妙に後を引いた。

「ビールありがとう。これ。お釣りはいらない。」

五百円玉を一つワタシに手渡す。掌の上で広げるそれはまだ真新しい、綺麗な銅貨だ。

あのひとはタブを引き、一口飲むと一呼吸置く間もなくワタシを押し倒す。口の中にレモンウォーターの酸味。なされるがまま転がるようにベッドの上でするするとホテルの浴衣を脱がされる。何の意志もない、仰向けの虫みたい。

唇の中に舌が滑り込んでくる。慣れた曲線。ワタシの舌は蛇に捕らえられた虫。ただその曲線に搦《から》め捕られる。

ライトが眩《まぶ》しくて、目を細める。五百円玉を握ったままのワタシに、あのひとは覆いかぶさる。ワタシの薄い胸、浮かんだ肋骨があのひとの少し細すぎる体の肋骨とぶつかる。まだ濡れてもいないのにあのひとは中に入ってきて、腰を振る。骨と骨があたってきしむみたいな音が内側からする。コンドームのことも言い出せなかった。

肩越しの先の天井、青黒い染みを見つける。どこか人の顔に見えなくもないその染みはリズミカルに揺れている。ありきたりで平凡な描写、何かの映画で見たことがある気がする。思い出そうと記憶の引き出しをあけていると、あのひとは呼吸を荒らげ、不意にパタリと動かなくなってワタシの体の上になだれ込む。

あれ？　もう終わり？

ワタシのおへそのあたりに白濁した海が出来上がっていた。

「気持ちよかった？」

あのひとは顔を起こしてワタシに聞く。

「ええ。とても。」

嘘つき。

呼吸の少し荒いあのひとが枕に顔を落とすと、ワタシの持ち上げていた頬はストンと重力に負けて、作り物の笑顔はすぐに真っ平らなお面のようになる。ズキンと心臓は一鳴り。でも胸に浮いた汗が繋《つな》ぎ留めた体温は心地よかった。本当よ。あのひとの心臓の音、ドクドクと、ワタシよりうんと速い。

「明日って早いの？」

聞いてみたが、答えは返ってこない。もう眠ってしまったのかな。ワタシは五百円玉を握りしめたままだったことに気づき、うすく汗ばんだそれを一度、ルームライトにかざす。皆既月食のような光が輪郭にまとわりつき、その奥には天井の染みがあったが、冷静に見るとやっぱり人の顔には思えない。ワタシは代用可能な誰かの記憶を引き継いでいる。

五百円玉を財布に入れ、ティッシュでお腹に溜まった白い海を拭き取る。冷えて温度を失ったそれは、無機質な静けさを孕《はら》んでいて、愛と呼ばれることがあるなんて想像もできない。拭き取った後のお腹に、流れ星の残像のような一筋が残る。電気を消してベッドに戻り、あのひとの眠った横顔を見る。セックスをしたというのに遠い他人のまま。名前だってまだ呼ばれていない。「ゆうき」っていうの。ひらがなで。ゆうき。

近づくどころか、むしろ遠ざかっていったモノがある気すらするけれど、それが何か、今はまだわからない。

買ってきたAsahiの缶ビールが机の上で薄い汗をかいている。一滴が流れ落ちるのを目で追いながら思う。最近、実家に戻っていない。お父さんはどうしているだろう。

眠れそうもないけど、目を閉じる。静かになった視界。フロントの自販機のうめき声がいまだ、耳の奥に残っている。

弘前《ひろさき》までは四時間半、バスは高速道路を走る。窓の外を、八月はただの線になって流れていく。何の変哲もない退屈な山の青が後方にすぎていくだけの景色。クーラーが寒すぎる。フィルターの向きを変え、目を瞑る。

　こういう時、バンドの物販で買ったパーカーを着てくるファンってあのひとにはどう映るのだろう？　今日もし、タイミングがあったら聞いてみよう。いや、聞けないな、きっと。ワタシと呼ばれるこの体と随分長い間付き合ってきたから多少のことはわかる。

　彼らと同じ、都内に住んでいても、ライブだって、毎日しているわけじゃないのだから、バンドを追いかけて二日間遠征してるのもおかしなことじゃない。おかしなことじゃないよね？　聞いたって誰も答えてくれないけれど。

　ワタシはいつも自分では決められない。学生時代からずっと誰かに決めてもらって、その意志の後ろをただついていった。進学する高校や大学ですら仲が良かった友達に誘われたからなんて理由で決めた。でもそんなワタシが自分で惹かれて音楽のライブに通うようになったことは昔の自分では考えられなくて、バスに揺られている今現在も、とても不思議な気持ちでいっぱいになる。窓に映るワタシ、笑顔は作ってないけど、気分は悪くない。

　フードを深くかぶり、強く目を瞑って、バスの座席の中、体も思考も折りたたんだ紙のように小さくなっていく。フードからは嗅ぎ慣れないシャンプーの匂いが少しだけして、胸がドクンと一つ鳴る。

ライブは風が吹き抜けるように一瞬だった。セットリストは昨日と同じ、MCもほとんど同じ内容だったけど、やっぱりあのひとの音楽はいいな。聞きたい曲がセットリストに入ってなくて少しだけ残念だったけれど、昨日と同じように胸が躍ったのは本当。

ライブが終わってあのひとがフロアに出てくる。濡れて汗ばんだ前髪、昨日ホテルで着替えていた青いスヌーピーの半袖のシャツ。ワタシだけが知ってる、あのシャツに腕を通した時のこと。

よく見ると、オリジナルじゃなくて、ブートなのだろう。「Shut your fucking mouth on stank hoe!」英語できつめのスラングをスヌーピーは吐いてるけれど、あのひと、意味わかって着てるのかな？　昨日は緊張していたからか、文字を見落としていたけれど、英語が得意なばかりに、ただの可愛いシャツにはもう見えない。

ワタシはフロア後方の端っこでコーラを飲む。お酒は弱くて一杯飲むだけで眠くなるけど、お酒でオープンになれたらどんなに楽だろうと、あのひとを囲んで、喋るファンの女の子たちを見て思う。

一人また一人、お客さんがフロアから帰っていって、対バンのバンドやその友人なんかの関係者だけになっていく。

全部持っているから、ほしいグッズもなく、ここにとどまる理由なんかないけれど、こんな遠くまで来たのだからもう少し、もう少しだけ、この余韻と一緒にいたいんだ。別に好きというわけではないコーラをちびちびと飲む。氷を噛むと、歯と歯の間で、ワタシにしか聞こえない小さな音で氷が砕けた音がした。

先ほどのステージの喧騒はとっくに消えていて、会場のＢＧＭは落とされ、ステージの上ではライブハウスのスタッフによる清掃が始まった。どうしても間が持たなくなって、ワタシは外に出た。


ライブハウスの前のコンビニのダストボックスに、コーラのプラスチックコップを捨てる。シャリッとゴミ袋の底で残っていた氷が散らばり、袋がヨレる。バスを降りた時に鳴いていたひぐらしは鳴きやんでいて、弘前はすっかり夜の街だった。バスで四時間半走るだけで鳴いている蟬の種類が違うことに驚く。

目線の先、前方からあのひとが、先ほどの女の子たち三人と一緒に歩いてくる。

周りの女の子たちはまだ二十歳くらいだろう。飲み慣れていないお酒で高揚しているのか、声も体も跳ねている。

「弘前寒いね。」

青いスヌーピーを着たあのひとはコンビニの前にいるワタシと目は合わさずに、そう言う。よくよく見るとこのスヌーピーの目は赤く充血している。

「やっぱり夜は少し冷えますね。」

またつまらないことを言ってしまったと、声を発した瞬間から黒い影が胸に流れ込んだ。女の子たちとは好きなお笑い芸人の話で盛り上がっていたようで、ワタシは全然その会話についていけなくて、その場で立ち尽くす。

こういう時、タバコを吸う人はうまく間を潰せるんだろうな。羨ましい。なーんて、吸ったことないからわからないんだけどさ。

大きな満月。空気が澄んでいて半透明な雲が周りに張り付いているそれは、うまく描きすぎた美大生の絵のようだ。

いつだって見上げればそこに月が浮かんでる、そんな星に生まれてラッキー。何となく心が弾んで、今日はちょっとお酒でも挑戦してみようかな？　コンビニに入ろうと歩き出す。

「あ、俺ビール。いい？」

昨日と同じ。後ろからあのひとの声。

「あ、はい。わかりました。」

ワタシは照明の眩しすぎる店内に入って、銘柄に迷うことなく冷蔵庫からビールの缶を手に取りレジ待ちの小さな列に並ぶ。持っている指先の冷たい感触。

視線を横にずらすと入り口の自動ドアの奥であのひとと女の子たちが手を叩きながら笑っているのが見える。いつの間にか、若いって素敵だななーんて思う年になったのかな？でも意外とそんなに年は離れてなかったりして。来年、ワタシは二十六歳になる。

自動ドアが開いて、あのひとに缶ビールを手渡す。

「サンキュー。」

プシュッと音がして、流れは遮られることなく黄色い声との会話には花が咲き続けた。

昨日のようにビール代を返してはもらえなかった。ワタシは自分のお酒を買い忘れたことに気づいたが、買いに戻るタイミングがわからず、その花の輪の横で墓石のようにただ、垂直に立ち尽くしていた。

「中、入っとくね。」

あのひとはそう言い、ワタシはハイと答えて笑顔をつくろうとしたが、あえなく失敗し、何かの痛みに耐えたような顔になる。頬は薄く引きつり、もう少しで笑顔と呼べるところまで持ち上がりそうなその箇所から、余韻のようにゆるやかに下降していく肉は情けなく、この表情にぴったりとくる名前は思いつかない。誰も見てはいないその表情は何の輪郭も持てずに、何の意味も持てずに跡形もなく消える。女の子たちとライブハウスの方へのそのそと歩き始めるあのひとの小さくなってく背中のスヌーピーと、それを囲むように跳ねる肩は、ゆっくりと下りの階段の暗闇に吸い込まれていった。


午後十一時半、平日の弘前は人がいなくてがらんどうだ。ねぷた祭りが終わったばかりだったせいか、街のところどころに、灯の付いていない灯籠や提灯、大きな赤鬼や龍など、祭りの断片が店先に置かれている。しんと静まりかえった街にも、ハネトの掛け声が遠くからやまびこのように聞こえてきそうな迫力を沈黙の中に保っていた。

「おかけになった電話をお呼びしましたがお出になりません。ぴーという発信音の後にお名前とご用件をお話しください。ぴー。」

「ゆうきです。今ね、青森に来てる。こっちは夜だとまだ涼しくっていい気持ち。お父さんも来れたらいいのにね。運転中かな？　ごめんね。またかけるね。」

弘前駅前を過ぎるとシャッターの閉まった店が立ち並ぶ寂しげな商店街が現れる。ライブを見ている間に雨が降ったのだろう。等間隔に立っている街灯が蒼いコンクリートに反射して、霧がかかった街を夕暮れのように橙色に染め上げていて、そこに信号機の赤や青、カラオケ屋やスナックのネオンが滲《にじ》んだのが混ざりあう。引き伸ばされた光は景色から時代や時間を奪っている。

終わってしまった一日。

滑るようにワタシはそのオレンジ色のカーテンの中を進む。くたびれた光の洪水の中をどこに向かっているのか、何を探しているのか、探し物を忘れた宝探しのように透明のカーテンをめくる。

時をめくる。

ワタシはワタシをやめられないし、同時にワタシにもなれない。

ぐるぐると回る思考の中、途中、見上げた空は割れていて、その裂け目から、何か得体のしれない白い泥のようなものが漏れはじめているのを見た。怖くなって、ぎゅっ、と目を強く瞑る。

ふと気づくと、商店街を一周していたのか、光は止んでいて、ライブハウスの階段が見える。ライブが始まる前の魔法のような輝きは解体され、外装はただくたびれていた。

「光太《こうた》、一気。一気。」

「無理だってー！」

階段の下の暗闇の奥からあのひとの声と女の子たちの笑い声が漏れている。

ワタシは足早にその前を通り過ぎた。悔しかった。

「こんなところまで来て、ワタシは一体、何をしているんだろう。」

この夜に何を期待していたのだろう。何もないってことくらい最初からわかってた。それでも、期待する心にしがみついてしまう。

車道を進む足取りはどんどん速くなり、鼓動はドクドクと高まって、ついに息が苦しくなって立ち止まる。

「ハアハア。」

立ち止まった道路の向かいにお酒の自販機の灯がともっているのが見えた。財布の小銭入れを開くと中には百円玉は一枚もなく、昨日あのひとにもらった真新しい五百円玉が一枚あるだけだった。ワタシはピカピカのそれを取り出し、掌の上で眺めて、料金投入口に入れようとしたが、直前でやめて、その銅貨を財布に戻し、代わりに千円札を取り出して、あのひとが飲んでいたのと同じ銘柄のビールを買った。

お釣りの銅貨が自販機から一枚ずつ落ちていく音よりも早く、タブを引いて、グッと流し込む。

麦の苦い炭酸が喉を通り、口いっぱいに広がると同時に涙がポロポロとこぼれた。

「何も答えを知らなくたって虫けらじゃないんだ。」

涙を掌で受け止めていたが、全然止まらなくて、自販機にうっすらと反射している自分の顔がひどくブサイクで笑える。

先ほどの不穏な空の傷口は塞がり、その影はどこにもなく、代わりにまん丸の月は揺れていて、いつまでも側にいてくれた。

青い夏の真ん中の匂いがする、ある夜の話だ。

その星が地球と呼ばれていた頃
人をあてがわれたわたしたち

ドアノブに手をかける。つかの間の静止。

錆《さび》のないミントグリーン一色のドアの前、中に入れない特別な理由があるわけではないけれど、いつも手をかけたところで固まる。ステンレスのドアノブは冷たい。

「何の時間だよ。」

引っ越してきて一年、いつも訪れる理由のわからないこの時間に少しにやつきながらドアノブをひねって、中に入る。

「おかえり光太。ゆうちゃん、パパ、かえってきたよ〜。」

電気の消えたダイニングの奥の部屋から、洗濯物をたたみながら、首だけをこちらにひねった嫁が声をかける。七ヶ月になる娘は立ち上がって、知っている人を見つけたような表情で微笑む。

手グセのように手をふり、靴を脱ぎ、背負っていたギターバッグをおろして玄関の端に立て掛けた。指先に触れる布の感触、小雨を吸って少しだけ湿っている。ギターは外に出して乾燥させた方がいいだろうか。チャックを開け、木製のエレキギターを取り出すと、緩めておいた弦が一本、チャックと擦れて「ピンッ」と情けない音が出た。

「ご飯食べてきたんだよね?」

嫁のその言葉がお決まりの夫婦のやり取りみたいで、目をそらし、靴下を脱ぎながら無味に答えた。暖色のルームライトの下で乾いた関係性は鈍く低い音を鳴らしている。ちょうど、先月壊れた洗濯機も同じ音してたっけ。

「うん。練習の後、いつものとこ行ってメンバーと飲んでたから。」

足元を見ると娘がハイハイでこちらにやってくる。脱いだ靴下は洗濯機の脇に寄せ、娘を肩に抱きかかえ、奥の部屋へ向かう。彼女は少し重たくなった。清潔な床の木目を足裏に感じながら思う。嫁は一日のほとんどの時間を掃除に費やしているのではないだろうか。退屈そうな日々を哀れに思うが、助言するほどの熱情などとっくにどこかの家に置き忘れた。

ふいに、娘の俺を見つめる目が全ての嘘を見透かしてるみたいで、目を合わせるのが怖くなる。その怖さの総量はそのまま自分の後ろめたさだろう。俺は時々、自分によく似た顔のこの生き物が一体何なのか、わからなくなる。

「おいでー。」

それをごまかすように甘い声を出す。それくらいの声、なんてことない。定型のようなパパを演じている方が随分と楽なんだ。直視しなくてすむ。Instagramにあげるために膝の上に招き入れる。自撮りモードでポーズ。

皆が綺麗だと信じて疑わないものほどトリミングが楽なものはない。頬を寄せて愛を受ける七ヶ月の娘と、無償の愛を与えるいいパパが写っていた。

いわゆる、できちゃった婚。

タイミングで俺は、父親になった。

「光太さんは次行かないんすか？　居酒屋、行きましょうよ。」

酔った後輩のバンドのフロントマンが道でしつこく絡んでくる。こいつ、名前なんだっけ？

「イヤ。終電で帰るよ。」

時計を見た。二十四時を少しすぎている。土曜の渋谷、円山町《まるやまちょう》はこの時間からが本番とでも言わんばかりに人が集まりだし、クラブの前には露出の激しいエロい女や強面なスーツ姿の黒人など、ケミカルで危険な色味が四方からにじりよってくる。

「パパやるんだよな。光太は。」

ベースの小次郎《こじろう》が肩を叩く。

「イヤ、その前にコイツは絶対女の家に寄るね。」

ギターのシゲが下品な引き笑いをしながら言う。

どこかの店からEDMの打ち込みが垂れ流され、足元のふらついたメンバーの横スレスレをタクシーが通り過ぎ、その向こう側では瞳孔が完全に開き、何かにブツブツとキレているヒップホップ風の男が道玄坂《どうげんざか》を下っていく。

「俺との夜よりオンナ優先すか？　ないっすよ。」

お前なんて知らねえよ！　と心の中で呟《つぶや》く。猿のように騒ぎ立てる下品な奴らだが、すでにメジャー契約が決まっている将来の有望株で、わざわざ波風立てるようなことはしない。俺は超大人なんだ。

「ストレートで帰るよ。今日すげーよかったよ。また対バンしような。」

俺は手を差し出した。最速最短で笑顔と呼ばれるところまで頬を吊り上げる。この頬の筋肉の筋道は、使い古してきたため迷いはないが、最近は年のせいか、打ち上げの後半では目尻が重い。笑っているかどうかの判断はその目尻の曲線に託されているのだが、今の俺はどうだろうか？

「絶対、またやりましょう。企画も誘わせてもらうんで、おねしゃす。」

猿のようにテンションの高い後輩のフロントマンも、手を差し出す。

「約束な。」

手と手を絡ませ、グッと力を入れる、感情がこもっているかのような熱い握手だが、別に大した意味はない。八重歯を見せて、その男は笑った。髪やピアスでごまかしてるがまだ中坊臭さが残る笑い方をする。女はその親近感とも言える素人臭さにもグッとくるんだろう。わからなくはない。いい男のトレンドは瞬きをする間に移り変わる。

「じゃあ行くわ。楽しんで。」

手を振るメンバーやスタッフたちと別れた俺は、背中にギターバッグを背負い、円山町の雑踏を抜け、早足になる。

クラブ通いの若者が夜な夜な集まる道玄坂とは違い、ひたすらにラブホテルが立ち並ぶ通りには、ホテヘル嬢とスーツ姿の会社員ばかりが歩いている。

喧騒はやや遠く、その代わりに、街全体が頭からコロンでもかぶったみたいなケバケバしい臭いのなかをひたすら進むことになる。

壁や地面をよく見ると老朽化が進みどこもかしこも疲弊している。視界に入るもの全てが危ない薬でもまぶされてコキ使われているようだ。ステッカーが剝がされた後の電信柱の黒ずみに手をつき嘔吐するサラリーマン。おどろおどろしい音で吐きながら、異臭を放ち、見たことのない色の世界地図を足元に広げていく。俺は見てしまったことに舌打ちした。

アイフォンを見る。二十四時十八分。

さっき居酒屋で調べた終電は二十四時三十七分だった。

LINEを開き、近くの女にメッセージを送る。

「今から行っていい？」

返信に気づけるようマナーモードを解除して、アイフォンを閉じ、ポケットにしまい、駅に向かって歩く。トイレの芳香剤を思い出させる靄《もや》を押しのけるように。

あの後輩のバンド、もう今後、企画に誘ってきたりはしないな。握手した時、何故かわかった。バンドを続けて十年を超えたが、長く続けているとこういう勘だけがやたらに冴えてくるんだ。擦れてしまって可愛げのない、いらない勘ばかりが。

随分長いこと俺は新曲もつくれていない。昔、一度だけメジャーでリリースした実績で、シーンでの居場所を技術的に守りこんでいるだけのループ。そんなことはメンバー全員わかってるが、ジタバタと新しいことに挑戦して、ファンを減らすのもアホくさく、今でもそれなりにいい思いはしている。

営業を終えた雑貨店のウィンドウに自分の全身が映る。年に比べてやや派手目な金の髪色で、肩まである髪先は傷んでいる。目の下の黒い皺に疲れが沈殿し、その背後にラブホテルのピンクのネオンが映り込んでいる。その前で、前髪を直した。若作りしてるホストみたい。いつまでビジュアル系と言われるこんなバンドを続けられるだろう? トレンドで言えばとっくに終わっている。

「老けたな。」

仕方ねぇよ。もう三十四だぜ。子どもだっているんだ。なんて、クソつまらない言い訳、自分でもわかってる。

影をひきずるように歩き始めていくばくか、ホテルのネオンもまばらになってくると、先ほどまでの喧騒と打って変わって妙な静けさにあたりが包まれてくる。

目の前には有刺鉄線が張り巡らされ、立入禁止になっている深夜の公園。渋谷の繁華街に近く、治安が悪いための策だろうが、子どもも遊ぶ公園にはあまりに不釣り合いで、たまらなく不気味だった。その金網の奥で、跨《またが》って揺らして遊ぶ小馬の遊具が砂の上にポツリと佇んでいる。コミカルなキャラクターの表情と手前に張り巡らされた有刺鉄線が固唾《かたず》を呑むような不穏さを醸し出していた。誰にも遊ばれることのない小馬はずっと金網の向こうで笑っている。九月の重苦しい風がざらりと木の葉を揺らす。

俺は、アイフォンをポケットから取り出す。女からの返信はない。

二十四時三十二分、終電までは五分。もう駅は目と鼻の先だから間に合うだろうが、まだ女からの連絡に期待している自分もちゃんといた。

いつでもヤレる女。便利なだけの女。クソ。大した女でもねえんだから、メッセージくらい読めよ。

通りを曲がると人気《ひとけ》はさらになくなる。ほんの数秒だが近道になるため毎回通る、少し急すぎる階段を降り始めた時、ホームレスだろうか、下からゆらゆらと登り始める人影が見えた。

浅黒い顔を覆う髭、散らばった白髪が脂で額にベトリと張り付き、服というよりは色あせた布で体をくるんだだけの身なりのじいさんは、大きな白いゴミ袋を重そうに肩にのせて階段を登ってきた。

細い階段だし、よろめいた足取りをちょっとイヤだなと思う。案の定、すれ違う時、バランスを崩したのか、ガシャンと音がする。袋が地面に落ち、「カラン、カラン。」と中からいくつも空き缶が転がり落ちていった。

ぶつかったわけではない、俺はむしろ丁寧に避けたのだ。空き缶の軽い金属音が響く。じいさんの方を見ると小さく震えるように呻《うめ》いていた。街灯のライトを瞳の中心に浮かべ、その顔面は悲しそうな人の顔になる。

「知らね。」

足を止めずに階段を降りていったが、胸につかえる心地の悪さが九月の残暑で湿った心臓の裏にへばりつくようにあった。でも終電も近いし、振り返らない。前へ。散らばった缶を避けるように一歩、一歩、足を出す。

階段を降りきって、駅へのカーブを曲がる時、設置された車両用のカーブミラーにじいさんが先ほどの位置でうずくまっているのが見えた。

数歩進んだが、胸の疼《うず》きに耐えられず、途中で立ち止まり、階段へ引き返す。ガードレールの脇には真っ赤な彼岸花が数本揺れていた。

本当に具合が悪かったら？　もしかして？　なんてこともありうる年齢だ。そんなことを思う人並みの心が自分に残されていることにも驚きながら声をかける。

「おい、じいさん大丈夫かよ？」

頭を垂らして階段にヘタレこんだじいさんは少し時間を置いてから額をあげて、言った。

「ありがとう。大丈夫よ。」

俺は階段を降りたところにある自販機で五百ミリリットルの水を買って、蓋を開けてから手渡す。

「ほら、飲めよ。」

じいさんは唇の先をつけてちびちびと飲む。俺は再び階段の下まで行ってその散らばった缶を一つ一つ拾いあげ、袋に入れた。

「ありがとう。親切にしてくれて。ありがとう。」

じいさんは座ったままの体勢で深く頭を下げた。寝ぐせのついた後頭部がこちらにさらされる。こんな風にお礼を言われるのはいつぶりだろうか。相手につむじを見せるほど無防備に感謝を表すことをお辞儀というんだなあと妙に冷静になる。今がもし侍の時代なら、いつでも斬れる。

今日、初めて人に会ったような気持ちになった。

アイフォンの画面を見ると二十四時三十七分。ちょうど今、最終列車が出たところだった。俺は渋谷、いや、正確には神泉《しんせん》駅の前で終電を逃した。

「あーあー。電車行っちゃったよ。おまけに女も寝たみたいで返信ないしな。」

俺は愚痴のように漏らしながら、ため息混じりに階段でヘタレこむじいさんの横に座った。さっき水と一緒に自分用に買った缶コーヒーのタブを引く。

「この水、すごい不味いな。」

じいさんはほとんど残っていないペットボトルの水を少し振ってそう言った。

「おいおい、じいさん。ほとんど飲んどいてから言うか？」

唐突な遠慮のなさが少し笑える。

「これはさ、硬水ってやつなんだよ？　わかる？」

「知らん。後味が好かん。」じいさんは短い舌を出す。

「あのさ、じいさん、俺も遠慮なく聞くけどさ、家とかあんの？」

「ここがワシの寝床じゃよ。」

じいさんの左手で見えている世界全体を包むようなジェスチャーに若干イラッとする。

「金ないだけだろー？　だから空き缶集めてるんじゃん？」

俺は性格があからさまに悪いところがあるし、こういうことを平気で言ってる時の自分の顔って意地悪で好きじゃないんだよな。

「別に金がないから、外をふらついてるわけじゃないんじゃよ。病室で死んだら、でる時も病院になるんじゃろ？　あんな薬品臭いところ、いくら何でもしんどいじゃろう？」

「でるって？」

「幽霊じゃよ。」

正気かよ。生きてる時から死んだ後の幽霊になることを考えて生活しているというのか、このじいさん？

じいさんは爪の先のように短いシケモクをポケットから出し、口の先に咥《くわ》えて火をつけた。口髭が燃えそうなくらい短いシケモクで、細い煙が空へと立ち上っていく。煙を目で追う。

「じいさん、生まれも育ちも東京なのか？」

俺は空を見上げながら聞いた。

「長崎。人間を始めたのは五歳か六歳くらいかのう？」

「は？」

俺はじいさんの顔を見た。ボケているのだろうか？　声のトーンも変えずに言い放つじいさんの横顔は、先ほどと同じように虚空を見て一服する老人のままであった。

「どういう意味？」俺は聞き返す。

「やさしさを持ち始めてからが人なんじゃ。それまではただの獣よ。」

「それまでって、え？　じゃあ何？　俺の娘は七ヶ月だけど、今はまだ人じゃないっていうのか？」

動揺かもしくは少し興奮しているのか、自分の声色のピッチが少しだけ上ずっていることに気づくあたり、俺、ミュージシャンっぽい、と無駄に感心する。

「そうじゃ。表情とかは色々あるじゃろうがな、七ヶ月はまだ条件反射で動く動物でしかない。血肉でできた入れ物じゃ。」

「人の娘をすごい言い方するな。じゃあ、じいさんはどんな風に人間が始まったんだよ？」

「最初の記憶はよく覚えておるよ。ワシの体はその頃、長崎にあってな。それもこんな九月じゃった。雨が降るじゃろう。バス停にいたんじゃ。ザーッと村全体を雨音が包んでなあ。外に出て農作業していたじいさんばあさんも皆、急いで家の中に入って、村には誰もおらんくなって、人のための時間が終わるところを見た。トタン屋根を雨粒が殴打するバス停の下で、存在が取り残された想いじゃった。あの時、ひとりぼっちを感じた瞬間から人としての時間がはじまったんじゃ。それが五歳かそのへんじゃったと思う。」

「ひとりぼっち？」

「そうじゃ。ひとりぼっちで自分を感じ始めたあの時から。」

「その体験より前も体はずっとあったんだろ？　それはどういう状態なわけさ？」

「体はずっと準備をしておった、人を受け入れる準備を。その九月の雨の日、たましいがすっとその体に駆け込んだんじゃな。」

じいさんはほとんどフィルターではないかと思えるほど短くなったシケモクを足でふみ消してそう言った。

「やっぱり、うちの娘はまだ人じゃないってわけか？」

「お前さんの娘のことは知らんが、色んな気持ちを知って、触って、泣いたりわめいたりしながら、世界を確かめていってるんじゃろう？　思いやりを持たんうちはまだ人とは言えんよ。お前はその娘が怖いと感じることがあるじゃろう？」

「あるよ。それに、父親やってる自分への違和感も消えないし。」

確かにそうだった。というか、やけに素直に言葉がすべり出る自分に驚く。

「それは幽霊を怖いと感じることと同じじゃ。得体の知れないモノだからよ。ワシは思うんじゃが、母親は自然に母親になっていくが、父親には観念の中でしかなれない。社会的な責任とかそういう気持ちが無理やり作り出したのが父親よ。」

このじいさん、無茶苦茶に思えることを言ってるが、狂っている様子はなく、むしろ妙に確信めいて潔く、何より話す声色が心地よかった。何度も何度も、自分に言い聞かすように反芻してきたのだろう。直感だけど、こいつも過去に家族関係の何かしらで失敗をしているのかもしれない。でも、そこに突っ込むことはしない。引き出しの奥にしまい込み、その鍵すら飲み込んでしまったような、そんな何層もの奥行きがじいさんの語感にはある。

「じいさんの育った長崎はどんなところだったんだよ?」

「いつだって思い出せるさ、山の近くだったからか、雨の多いところだった。」

じいさんは目を閉じて思い出すように話し始めた。

「朝になると白い霧が立ち込めるのよ。小さい頃はやたらとその霧が怖かった。触れたら連れて行かれるんじゃないかと思って。知らないもの、わからないものがたくさんあって、その全部が怖かった。」

目を閉じてつらつらと言葉をこぼし始める。

「霧の立つ日の朝の匂いは、戸口や襖の隙間から音もなく入って、すうと廊下や手洗い場にまでゆっくりと広がる。小さい頃のワシはその匂いを感じると怖くなって布団を深くかぶったりした。薄く湿った布団の匂い、小さな密室。指の先からなぜか湿気た線香の匂い、ささくれ立つ畳、カミキリムシが柱をかじる音、風でカタンと音を出す窓、結露した窓に指で書く自分の名前、大きな振り子の古時計が刻む音、山の奥で聞こえる正体のわからない何かの遠吠え、米の炊ける匂い、母親の名前を呼ぶしゃがれた声。布団からはみ出て冷えた足の指先を丸める。仏壇の横に飾られた会ったこともない先祖のじい様、ばあ様たち。なぜだろう、いつも誰かに見られている気がする。朝ごはんを食らい、まだモグリと米を噛《か》んだまま玄関を出る。飲み込むタイミングをわざと失い、でんぷんが出て口の中で甘くなるからいつまでも噛んでいる。家の脇を通る時、線香をあげてるばあちゃんが見えた。小さな丸い背中、声にならぬほどに小さく動く唇、合わせられた皺だらけの指を見て、なぜだろう？　もう逝くと思った。階段を降りて急な坂を下る。一本の痩せ細ったスダの木、枝に葉はついておらずそこをいつも立ち小便の標的にしていた。ざらざらの表皮は生きているのか死んでいるのかわからないが、よく見ると小さな虫が樹液を吸っていて、生きているようだった。山の朝は九月でも寒く、小便から湯気があがり、うっすらと霧のように空に溶けていくのを見た。朝露が鈴のように鳴る。季節は確かにそこにいた。」

じいさんは頭の中で反芻するように眉間に皺を寄せながら話した。俺は、詩的に話されたその全てをリアルにイメージすることはできなかったけど、聞いている時、その古い木のようなしゃがれ声に気分がよくなった。

「メンソールだけど一本吸うかよ？」

「お？　ありがとうよ。」

俺は自分のタバコに火をつけ、そのライターをじいさんに手渡した。煙が二つ空へと上っていく。

遠くで救急車のサイレンの音が聞こえる。眠らない街を背中にゆっくりとタバコを吸い込み、肺から二酸化炭素と一緒に吐き出す。

バンドメンバーからＬＩＮＥが届く。

『調子に乗りすぎ、こいつうぜえ。』

一緒に送ってきた写真は先ほど握手して別れたバンドのフロントマンが女を両脇にはべらせている様子を写したものだ。

俺は返事をせず、アイフォンを閉じると、なんだか無性に笑えてきた。全てがバカらしく思えて清々しさすらもあった。

じいさんとは階段で別れ、一時間かけて歩いてうちに帰った。タクシーだって呼べたけど、そんな気分だったんだ。部屋に入った途端に布団になだれ込み、シーツの上で泥になっていく。


「いや、本当に最悪だったからね。」

いつもの焼き鳥屋の二階で、メンバーが話している。

「あのガキ、酔いまくってトイレで女とやり始めて、店員に見つかって、殴られて青タンもらってたから。」

ギターのシゲは口髭にビールの泡をつけながら話している。天井から酸っぱい臭いが溢れ落ち、テーブルの角に触れた人差し指の先端がすすのように黒ずむ。

「ウケたわー。それで、佑《たすく》と小次郎が謎にもらい喧嘩みたいなの始めちゃってさ。」

「ホント、とばっちりだよ。」

打ち上げの二軒目の話で盛り上がっていた。俺たちは練習後に何もないといつもこの焼き鳥屋に集まって、たわいもない話をしながら飲む。

毎日の煙で壁に貼られたメニュー表は江戸時代かと疑いたくなるようなビンテージ感と、お洒落と呼ぶには無理のある積年の汚れた風味を醸し出していた。ブラウン管のテレビではいつもニュースが垂れ流されていて、俺たちは、世界で起きていることをこの煙部屋の画面の中で知る。

ここの魚料理は値段の割に美味しくて、焼き鳥屋のくせに、うちのバンドのテーブルの上にはいつも魚ものばかりが広がっている。鰺の開きは、八本の箸でえぐり突いたせいで身がぐちゃぐちゃに散らばり、顔面から飛び出た白濁した眼球と目が合う。

「そういえば、今日結構、グロイの見ちゃったんだよね。轢《ひ》き逃げ？　神泉駅からここ来る時さ、パトカー集まってて、ホームレスらしいんだけど跳ね飛ばされたらしいんだ。あの急な階段の前よ。」

小次郎が緑色の髪の毛をいじりながら言った。

俺の箸がピタリと止まる。

「救急車来てなくて、パトカーオンリーだったから多分、死んでるだろうね。直後だったっぽくて、地面、結構赤くなってた。」

「わー、えぐー。」

「お前話題重いよ。それよりさ、お前、デート行ってた女とどうなったの？」

「いや、あれはガード固かった。」

小次郎は困ったような顔をして言った。

「キャハハ。マジか。あの顔で固いとかやめてほしいわ。何を値打ちこいてるんだよっていう。なあ？　光太？」

「ああ、そうだよな。」

声の音調が落ちてる。メンバーが話を振ってくるが、頭がストーンしていた。あのじいさんが轢かれたのか？　いや、別にあのじいさんとは限らない。渋谷には何人もホームレスはいるしな。でも昨日のあの場所で？

「ちょっとトイレ。」

俺は席を立った。細い通路を通り、階段を下ったところにあるトイレに入り、用をたす。が、全然小便は出ない。そりゃそうか。さっきしたばかりだったもんな。目の前のビールのポスターの嘘みたいにセクシーな尻が、ドアの隙間から入ってきた煙で黄ばんでいる。

薄汚れた鏡の前の俺は、消費期限の切れた生卵のようにドロンと濁っている。不意にあの飛び出た皿の上の魚の目を思い出す。俺は座敷に戻って言った。

「ごめん、ちょっと用できたから行くわ。」

「女だろ？　お前、病気だけはもらうなよ～？」

バンドメンバーはいい感じに酔っている。先ほどの魚の皿はもう調理場に下げられていた。

「わかってるよ。」

否定するのも面倒で、女だというメンバーの勘ぐりに乗っかって、焼き鳥屋を出た。空の色は夕暮れのものへと移ろいはじめている。俺は全然酔っていなかった。荷物を背負うよりも前に歩き出す。

いつもより歩くペースが速い。あのじいさんとは一度会っただけ。友達になったわけでもなかったが、俺はどうしても気になっていた。

神泉駅に向かって直線に進む矢になる。あらゆる景色を置き去りにして、一本の集中した矢のように真っ直ぐに進む。

置き去りにする。ハイヒールが地面を打つ音、ジリジリと唸《うな》るホテルの換気扇、その入り口の前、LEDでケバケバしく照らされた造花。枯れることのないそれは渋谷のついた最初の嘘だった。

置き去りにする。音漏れするクラブの黒い壁、曇りガラスの向こうで合いの手を入れるスナックのママ、笑い、持ち上げた頬の小じわが越えてきた夜を数えている。

置き去りにする。ヨレた手書きの居酒屋の看板、引っ越しのために外に出され雨に打たれた黒革のソファ。真ん中に拳サイズの穴。自販機で小銭を漁るおばさん。通り過ぎざま、そのおばさんの頭上を見ると、渋谷の空がナイフで切ったように裂けていて、どろりと粘着性のありそうな液体がこぼれている。

なんだ、あれ？　幻覚か？　そう思い、頭を左右に振ると、奥の方で鈍痛がする。

ショーウィンドウには反射するラブホテルのピンクのネオンの他に、西にゆっくりと落ちていく夕焼けがギラリと映っていた。ガラスの自分と、目を合わすこともなく、俺は足早に通り過ぎようとするが、ホテルのフロントから出てきた男と肩がぶつかり、キャリーバッグが足に絡まる。気にせず通り過ぎ、歩を進めたが、捨て台詞のような声を後頭部で聞き、次の瞬間、馬乗りで男を殴っていた。横に連れていた女が口を押さえ、目を見開いて悲鳴をあげたようだが、アドレナリンが出ているせいか、音が聞こえない。ただ、力いっぱい拳を交互に振り下ろす。肩をぶつけた男からありったけの悪意をすくい取る。目元のエロぼくろ。チャラついた胸元、安そうな銀のネックレス、集められるだけの醜悪さを探して俺は拳を振り下ろす。赤血球が逆流し、じんじんと脈打つ。

突然、骨の髄からくるような濁音を聞いてコンクリートの上に倒れこむ。視界にブロック塀を持った女が横向きで映る。

その後は火花が散ったような光だけが瞼《まぶた》の裏で閃《ひらめ》く。男にとにかく殴られたのだろう。内出血をしてるのか、視界の端っこが赤く、頭も内側からクラクラする。思ったより酔っていたせいか、全然、力が入らず無茶苦茶な喧嘩をして今地面に転がっている。俺は終わってる。マジで笑えないくらいに終わってる。

最後、男はありったけの侮蔑の言葉と痰を俺の顔面に吐きかけて去った。自業自得なことはわかっていたから、怒りはなく、クリアすぎるほどに頭が冴えていた。笑える。鼻先には刺すような鉄の臭い、それに混じって、鈍色《にびいろ》の雲が擦れる匂いが、ゆるやかな坂の低いところをつたって、ゆっくり流れていることに気づく。明日あたり雨が降るかもしれない。

しばらくして捨てられた関節人形のような俺は立ち上がり、千鳥足で封鎖された公園を通りすぎる。角を曲がり、階段を一段一段ゆっくりと降りていく。

酒を飲んでいたのに急に動きすぎたせいもあるのだろうが、心臓まで痛いものだから困る。脈打つ心臓を意味があるのかないのか、左手でぎゅうとおさえて階段を下り切る。しかしそこは何の変哲もない、ただのガードレールがあるだけの道路だった。

メンバーの言う通り、この場所が血で赤く染まっていたのだとしたら、すでに清掃された後なのだろう。そこには血の代わりに赤い夕暮れが影を落としていた。よくよく考えれば、ここに急いで来たところで真相などわからないし、確かめようもない、第一、俺はあのじいさんの名前すら知らないんだ。

電線の上でカラスが鳴いた。あいつは全てを見ていたかもしれないな。

「おい、どうなんだよ。」

速くなりすぎた心臓をおさえて、道路にうずくまる。ドクンドクンと裏側から筋肉が皮膚を打つ音がする。ビリビリと目尻の裂けた箇所が警告のように痛みを知らせている。

めまい。うっすらとした吐き気。

俺はギターバッグをガードレールに立てかけ、尻餅をついて空を仰いだ。チャックを開けて、中を確認するとペグが二本折れている。九月の夕暮れに金木犀が香って何だか涙を流せそうだったが、こんな時、どうやって泣けばよかったんだっけな？　作り顔ばかりしすぎたせいか、涙の流し方も忘れてしまった。いつしか蝉は鳴き止んで、コオロギだか鈴虫だかがリンと鳴いていた。

俺は言葉も忘れて、空っぽな塊になって、ただ、茜色の空をずっと見ていた。涙はうまく出なかったが、夕焼けを見ている間、震えているその箇所に心があることを知った。

空が静かに燃え、時が枯れていく。アドレナリンが引いていくと傷の痛みの種類が変わってくる。

「ねえ、明日のご飯何かなあ？」

「カレー。」

「またカレー？　流石《さすが》に毎日はイヤだよー。」

「文句言う子は食べなくていいの。」

どこからかそんな家族のやりとりが聞こえる。空は一層、黒色を深め、夕日を追い出し、この街にまた夜がやってくる。暗闇は香水をぶっかけた欲望を手招きし、その蜜に群がるように、夜の顔がじきに集まり始めるだろう。

俺はズボンについた砂を落とし、駅に向かって亀の速度で歩き始めた。

途中の花屋で売られている赤い花にふと目が留まる。普段、花なんて興味なかった俺は、植木鉢に入ったそれを一つ買って、来た道を戻った。

自販機で水を買い、再び、あの日、デタラメな話をした階段まで登った。思えば、妙なつくりの階段だ。階段の中腹の手すりの下に真っ赤な花を置いて、ペットボトルの水をかける。じいさんが舌を出した硬水を、九月の夕焼けにかけた。

俺はお辞儀するように頭を深く下げた。立ちくらみがする。頭の鈍痛は消えていない。不協和音のような鈍い音が渋谷の方角の空から聞こえる。まるで、大きな鉄の扉でも閉めるような鈍い音、街全体に響いていて、心ってやつがざわついている。

再び、階段を降りた俺は駅に向かう。カーブミラーに赤い花が映っているのが見える。

夏のおわりの風でその赤は小さく揺れていた。

今度は振り返らず、重い頭を揺らしながら、俺は歩いた。

その星が地球と呼ばれていた頃
人をあてがわれたわたしたち
数えつづけた月の着替え

空調からぬるい風が流れ始め、飛行機は滑走路を走り出す。

隣のシートの赤ちゃんが泣いている気持ち、少しわかるな。考えてみれば当たり前なんかじゃないよね。下腹部からはうなるような重低音、全員シートに紐でしばりつけられて、怪物か何かの生贄にされにいくみたい？

今、わたしのシートの横でカバのように口をあけて寝ている娘は、物心ついてからはこんな風に理由がわからない形で泣いたりしなくなった。ついこの間までは、この赤ちゃんくらいに小さくて、予測不能に泣き喚《わめ》いていた。変化の目まぐるしさに呆気に取られる。あ、この子、鼻毛が出てる。こういうズボラなところ誰に似たのかしら。

最初の頃は大変だった。絶え間無く降る泣き声。ミルクが欲しいのか、オムツが濡れているのかもわからず、手探りで母親になっていく中で、よくある話だけどノイローゼみたいになってしまって、ひどい言葉も浴びせた。人が人に言うべきでないようなひどい言葉。

近くで、二十歳前後のお兄さんが舌打ちをし、赤ちゃんの母親がすみませんと一度、頭を下げる。奥のおばちゃんがその若いお兄さんをにらみつけ、彼はおばあちゃんを一瞥《いちべつ》すると不機嫌そうにイヤホンを両耳にして、目を閉じた。

わたしより若そうなお母さんは赤ちゃんを抱きかかえ前後に揺らす。お願い泣き止んでと懇願するように。祈るように。

他の乗客は機内に響く泣き声に、聞こえていないかのようなそぶりをする、暗黙のルール。

「みんなそんな時期があったんだから。」

顔も知らない同士でふいにはじまる一体感。嫌な顔はしちゃいけない、赤ちゃんは特別。


「ましろ、あとどれくらいで温泉つくの?」

娘が目を覚ました。

「あと二時間くらいかな。」

「キレー。場所かわってー!」

わたしに有無を言わせず席を替わると、いろはは窓に顔を押し付けて流れていく景色にかじりつく。

「窓あけたいな。」

分厚い窓には、押し付けた鼻の脂の痕がついている。

「いろは、冗談よね。この窓が開いたらとんでもないことになっちゃうんだよ。」

「そっかー。もう夏おわったもんねー。風冷たいよねえ。あー、空すごーい。何だこりゃあ。こんなの見たことないやー。」

いろはは驚いたように口を開けて言ったが、窓の外は先ほどまでと何の変わりもない、見たことある白銀世界が流れていくばかり。この子は時々、変なことを言って、わたしはついていけない。


午後五時、西日が雲に反射して、機内に橙色の静かな時間が訪れる。

さっきまで泣いてた赤ちゃんは、すやすやとお母さんの肩にあごをのせて気持ちよさそうに眠っている。

筆で描いた抽象画家の作品のような青と赤の混ざり合う夕さりの時間はため息が出るほどに美しく、娘の肩越しに眺めているとうとうとと睡魔に誘われて知らぬ間に眠りに落ちていた。ごうごうというエンジンの音が子守唄のようでなんだか心地いい。

「ピコン。間もなく、当機は着陸態勢に入ります。今後、化粧室のご利用はお控えください。なお、シートベルトをお締めでない方は……。」

機内アナウンスで目を覚ますと、夕暮れの気配はとうになく、外の世界は真っ暗になっていた。わたしの肩に寄りかかり、口を開けてまたいつのまにか眠っている娘をゆすり起こす。

「いろは。起きな。つくよ。」

「ううん。」

目をこするいろはにシートベルトを締めさせて、いつしか夜になった窓の外を見る。

「ねえ、ましろ。この光の数だけ人が生活してるんだよ。信じられる？」

「そうね。たくさんだねえ。」

空から見下ろす街には小さな光の点が黒い夜空の星からこぼれ落ちたみたいに散らばっている。ガソリンスタンドにコンビニ、マンションやアパートの食卓を照らす灯、リズミカルに並べられた街灯と車のヘッドライト、電光掲示板の点滅。赤、黄、青。

「近くで見たら色々だけどさ、空の上から見ると、どれもみーんなキレーだね。」

いろはは目をキラキラさせて言った。

「そうだね。遠くから見たら全部が綺麗だね。」

「いろは、ちゃんと体洗ったの？」

「ぜーんぶ洗ったよ。いちいちうるさいなあ。ましろのいろはを育てるってプロジェクトは七割方完了してるんだからね。ほら。」

娘は湯舟から片足を上げ、指を開いてそんなことを言う。

「いろは、そんな格好しないの。」

振り上げた足で湯が跳ね、しぶきになってそれをかぶったおばあちゃんは横で微笑んでいた。

「ごめんね、ばあちゃん。」

「いいのいいの。元気でいいねえ。どこから来たの？」

「神泉！」

いろはは威勢よく答える。

「いろは！　ここでそれじゃあわからないよ。東京からです。」

わたしは洗い場の椅子に座ったまま上半身だけ体をひねってそう言い直して伝える。

「東京ね、遠いところからわざわざ道後《どうご》までね。いい湯でしょう？」

おばあちゃんは笑ったまま言う。そういう徳のある顔なのかもしれない。見渡すと、湯に浸かるおばあちゃんたちは皆、失礼かもだけど、表情がよく似ていた。使う表情だけが皺として刻まれ残っていくのだろう。

「うん。いい湯。ましろ！　もう出ていい？」

いろはの返答と発言は、ひどくあべこべ。

「もう少し浸かってからにしなさい。せっかく来たんだから。」

「長くつかったから満喫するとかそういうことじゃないんだけどなあ〜。」

いろはは顔を半分お湯に浸けてぶくぶくと口で吹きながらふてくされて言う。

古い石畳の道後温泉は三千年も前からある日本最古の温泉。白鷺が昔、足を浸けて傷を治したなんていう話をいろはが学校の先生から聞いてきて、興奮しきって、道後温泉いこうとぐずったから連休をつかってやってきたのだ。二人で傷をいやすツアー、なのだそう。いろはの言う傷ってそもそも何のことを指してるのか？


いろはを産んだのは十年前。高校を卒業して、知り合いのガールズバーでアルバイトをしていた、まだ二十三歳の頃。特にやりたいことも目標もなくて、その当てどのない悶々とした気持ちをぶら下げながら、色んな男の家を渡り歩いた。

娘の父親はわからない。簡単に言えばわたしはそういう女だった。その頃は今よりもっと不安定で、理屈ではなく誰かの体温を欲していて、寂しさから誰かと密接に関係し続けていることが唯一の存在の証明だった。

妊娠を知った時、子どもができたことを喜べている自分にまず安心した。自分の母親は嫌いだったし、家族や家庭に憧れもなかった。それなのにちゃんと喜んでいる自分に少し安心したんだ。胸の内側からカチッとスイッチが入る音が聞こえた。父親がわからなくても産むことは不思議と迷わなかった。授かった命を尊重するとかそんな綺麗な理由ならもっとよかったんだけど、ただ、居場所が欲しかった。自分と血の繋がっている確かな存在がいることで自分の居場所ができるんじゃないか。そう思った。そう思いたかった。

「もう限界だよ。ゆで蛸になっちゃうよ～。こどもの体の大きさってわかってる？　身長も体重も半分くらいなんだからさ、血液が沸騰するのもうんと早いんだよ～？」

いろはは口を膨らませて言う。蛸のイメージなのだろうか。

「わかったわかった。先上がってなさい。」

「大人の計算で測られると困っちゃうなー。先にコーヒー牛乳でやっとくね。」

いろははザバンと立ち上がり、ビールを飲むようなポーズを右手でとった。少しだけ肋骨が浮いている。痩せすぎているようで心配になるが、ご飯は食べさせてるし、単に贅肉がつきにくい遺伝のせいかもしれない。わたしもそういう体質だから。

「あんた、お金持ってるの?」

「失礼な。いろははね、ましろみたいに欲望のままに生きていないの。ちゃんとお小遣い貯めてるんだから。」

欲望。

いろははガラガラと引き戸を開けて脱衣所へ消えていった。続いておばあちゃんも浴場から上がり、女風呂はお湯の流れる音だけになる。洗い場の鏡を見る。長年の薄い擦り傷のせいか鏡は曇っていて、表情はぼんやりと霧の中に見える程度だった。

「あんたなんて産まなきゃよかった。」

それを聞いても眉ひとつ動かさないいろはが、氷のような目でこちらを見ている。血が煮え立ち逆流するような悲しみを抑えられずに、わたしは手元にあった鍋を力一杯、壁に投げつける。パーティションかと疑いたくなるような薄い壁に鍋の形の穴があく。

昼間はスイミングスクールの事務、夕方になるといろはの迎え、夜はスーパーのレジ打ち。彼女と生きていくための時間割。そんな生活の繰り返し。いつも何かの答えを探していた。

「ましろ、何もうまくいってないことないよ。全部うまくいってるよ。大丈夫。」

そう話すいろはを手繰り寄せ、抱きしめると、彼女はまだ小さくて、ちゃんとまだ子どもだった。その度に、言い訳をする。ひどくかっこ悪い言い訳。

心の中に声が浮かび上がってくる。なんであんなコト、言ったのだろう。

彼女は泣いたり喚いたりせずにじっとわたしの腕の中にいて、その無理な言い訳を聞いていた。いろはを大人にさせてしまった部分があるとしたらわたしのせいだ。わたしのせいでしかない。

彼女は「また壁に絵を飾らなきゃね。ラッセンのはもうイヤだからね。」と言って笑った。狭い七畳の部屋の壁には穴をかくす絵が何枚も貼られていて、鑑賞用の配置とは異なり変てこだった。

「ましろ、人間の頭って肩に二つ入るサイズに設計してくれたんだ。神様がね。だからこうやって抱きあえるんだよ。」

いろははわたしの頭に頬をあて、そのままの体勢でそう言った。吐息が耳の裏にふと届く。腕で覆ったこの温かい球体は何よりも優しかった。

「欲望のままに。」

いろははわたしが欲望通りに生きているように見えるんだろうな。確かにわたしは今も誰かを好きになって恋をするし、たくさん誰かに愛されたい。

それはいろはを産んだ後も変われなかった。

わたしに居場所はできたのだろうか？　どこかで期待していた、いろはの成長がわたしの喜びそのものにとって代わることを。でもそんなことは決してなかった。

それでも、いろはのいる生活はわたしに絶え間ない挑戦をくれた。子育てという不思議な体験は他で味わったことがないほどにわたしを生かした。

「ダメダメ。考え込んじゃダメね。」

気づけば息を吸うのを忘れていたわたしは洗い場の椅子から立ち上がり、湯船に肩まで浸かって大きく深呼吸をしてあたりを見渡した。が、あの有名な〝坊っちゃん泳ぐべからず〟という木札はどこにもなかった。どうやら男湯にしかないみたい。

ここは夏目漱石の『坊っちゃん』に描かれた温泉として有名だけど、小説は読まないから感慨も特にないし、あれだけ行きたいと騒いでた娘は早々に浴場から上がって今頃コーヒー牛乳ブレイクしている頃だろう。つかめない子。

特別な設備もないシンプルな浴場で、外観も内観も見るからに古く、歴史の重みを感じなくはなかったが、特別に歴史好きというわけでもないわたしにはその程度だった。

それにしても神の湯とは思い切ったネーミング。本当に温泉なのかしらと疑いたくなるようなさらさらのお湯の中、足を伸ばす。小さな波紋がゆらり、広がる。

洗い場では背中に大きな般若の刺青を彫った女の人が髪を洗っている。背骨を中心に綺麗な線対称に彫られた般若は、座っているからはっきりとは確認できないけど、お尻の位置まで延びる大きなものだった。その眼光鋭い目と目が合ったわたしは睨みつけられ見透かされているような心地で湯船の中で小さく萎縮する。緊張する。

わたしは母親を全うできている？　自分勝手ながらも一生懸命やりくりしながら、それでもやはり父親がいない生活で無理をさせているのではないかと考えてしまう。ああ、こうやってぐるぐる落ち込んでしまうの本当に最低。ため息か深呼吸か、息を深く吸い込むと薄い胸がその分だけ膨らみ、目頭に集まった神経が疲弊する時の音が内側から聞こえる。

わたしは考えているようでいつも何も考えていない。強すぎるものからも目を背けて生きている。先ほどよりも般若の目が鋭くなったように思えたのは気のせいではない。

「見てるぞー。ましろのその顔！　好きじゃないやつ。」

声の方に振り向くと手ぬぐいを頭にのせた全裸のいろはが引き戸を少し開け、そこから顔を半分出して言う。頭髪は短く、ムッと積むんだ表情は一瞬少年なのか少女なのか判断がつかない。

「あんた、もう上がったんじゃないの？」

「ノーノー。せっかくの旅行なんだからコーヒー牛乳をチャージしたらもうひとっぷろくらい浴びるよ。旅行でそういう難しいこと考えてる風の顔はやめてくれないかなー？　ましろさん。」

確かにわたしは考え込むとすぐに吸い込まれて下を向いてしまう。タイルの柄を凝視でもするかのように頭を垂らしていたわたしは図星を指されて何も言い返せないから、力なく笑ってごまかした。

いろははそのまま引き戸を開けて、一直線に湯船に向かい、わたしの横に肩を並べた。

頭には通いつめた温泉のプロがやりそうな調子で道後温泉の手ぬぐいがたたまれてぴょこんとのっている。

「手ぬぐい、頭にのせるのなんてどこで覚えたのよ？」

「さっき。見たものをすぐに実行するんだよ、子どもはね。大人みたいにいちいち理由とかいらないから。」

いろはは鈴を振ったように笑った。

「えー？　周り、誰もやってないじゃない。」

わたしは浴場を見渡す。

「ここに来るまでの商店街にたくさんポスター貼ってあったでしょ？　おじさんは皆、頭に手ぬぐいをのせてたよ。」

「おじさんじゃん。」

「いろはは江戸っ子だからさ。」

「江戸っ子はのせるの？　生まれた病院は千葉だけどね。」

「らしく生きるために、お化粧程度のトリミングならしていいのよ。」

いろはは少し頬を膨らませて不機嫌そうに言った。

「そうなんだ。わたし、ポスターなんて全然見てなかったな。」

「いろはは全部見てるんだからね。全部だよ。」

「はいはい。」

いろはは大げさにため息をつきながらやれやれといった表情を作った。娘はまだ慣れない表情や言葉を積極的に使い、そのこと自体に感動し、それを噛み締めているように思えた。

「いろははさ、お父さんとかいなくて寂しくないの？　不幸だなって思ったりする？」

わたしはついにそのことを娘に聞く。

「それ、いつも言うけどさー、ねえ？　じゃあさ、動物園のライオンって不幸だと思う？」

ついになんて思ったけれど、気づかないうちに何度も聞いてしまっていたようで、恥ずかしい。

「うん。やっぱり窮屈そうよね。」

わたしは頭の中で具体的にライオンを一頭、律儀にもイメージして答えた。

「ましろはさ、それってさ、すっごく人間の目線だなーって思ったりしない？　例えばサバンナを走りまわるそういう幸せとか知ってるライオンが檻の中に入ったら、それはやっぱり狭いかもだけどさ、最初から動物園で生まれたライオンはあの世界が全てなんだよ？

狭いも広いもなくて、あれが全てなんだよ？」

「そうだね。」

「野生とかご飯一つとってても超大変だし、動物園なら餌だっていつも決まった時間にもらえるし、みんなから注目されてカッコイーとか言われてさ、それだってもしかしたら気持ちよーく思ってるかもしれないじゃん。いろはも同じなの。ましろと二人で暮らしてるこの時間が全てなんだよ。よそと比べて、幸せとか不幸せとかそういうことじゃなくてね、全てなんだよ。ましろ。」

いろはははお湯に浸かりながら真っ直ぐにそう言った。透明でよく通る声をしている。この子はわたしをお母さんとは呼ばない。気づいた時からずっとそうだった。物心ついてからは、他人行儀で不思議な子だなあと思っていたけど、今はそのことに救われている。

「それはそうと、いろは、鼻毛ずっと出てるよ。」

「えー！　いつから気づいてたの？　言ってよ！」

いろはは、鼻の下を引き伸ばし、鼻の穴を広げて見せて、毛を抜きやすいように間抜けな顔をコチラにぐいっと寄せた。

「いたっ。」

中指と親指で挟み、勢いよく引き抜いてやると、いろはは涙目になりながら、どうしてこんなところに生えるのよとぶつぶつ文句を言っている。肩から落ちていく水滴の滑走路、先ほどのため息は湯気と共に天井にぶつかり、いつの間にか景色に溶けこんでいた。

斜め前を見ると、先ほどの般若の刺青のお姉さんが体を洗い終え、お湯に浸かってい る。切れ長の目の奥は静謐で、この人はどんな生き方をして背中に般若を背負うことになったのだろう。そんなことを思わせる。

「綺麗な絵ですね。」

いろはは恐れもなく話しかける。まるで、虹を見て綺麗と声を出すような軽快さを持って。

「あら、ありがとう。」

四十過ぎくらいかしら？　お姉さんはそう言うと刺青がよく見えるようにこちらに背中を真っ直ぐに向けてくれた。相変わらず、艶めかしく眼力の強い般若の迫力は凄いものがあったが、背骨を中心に綺麗に線対称に見えていた般若の左側に、もともと体にあったのであろう、大きめの黒いホクロがあって、その完成された線対称の景観を壊すようで、でもなぜだかその不完全さにわたしは安心した。

「大きくなったらましろの顔の刺青入れようかな。」

いろはが笑いながら言った。乳歯が抜けた位置がすっぽりと空いていて、どうやっても愛くるしい顔になる。

「刺青は痛いわよ。」

お姉さんは口元だけ笑みを浮かべながらいろはにそう返す。

「割と早めに後悔するよきっと。プールとかさ、彼氏とかできたらね、恥ずかしいでしょ？」

「あ、花！　旅行来ちゃったけど水あげてなくて大丈夫かな？」

いろはは思い出したように、話を遮り、急に目尻を垂れ下げ、泣き出しそうな表情になる。

「大丈夫よ。向かいのおばさんに頼んどいたからさ。」

「よかったー。まあ、先のことはわっからないけど、でも、ずっと一緒にいてあげるからさ、その代わりもう少しいろはにやさしくしてくれてもバチは当たらないと思うんだな。ねー、ましろ？」

いろはは安心したのか、選挙演説のごとく饒舌にまくしたてた。表情の入れ替わりが激しく、その目まぐるしいスピードに触れると、昔アジアを旅した時のスコールを思い出す。さっきまで青々と晴れてたのに、急に街を飲み込むようなどしゃぶりの雨。思い出の中の全ての視界を雨音がさらっていく。

「やさしくって何よ?」

「ほら、もっと毎日のご飯のメニューを増やすとかさ。」

「この後、何食べようね? カレーにしようか?」

わたしはいたずらっぽく言った。

「えーーー! カレー? わざわざ旅行にまで来てカレー? 来る前も食べたじゃん。流石に毎日はイヤだよー。」

「文句言う子は食べなくていいの。」

「またそれ言う! イジワル言うと地獄に落ちるよ? 地獄には温泉なんかないんだからね? 血の海は臭いしさ、ずーっと浸かってたら肌だってかぶれちゃうんだからね?」

そう言って湯船から突き出したいろはの右腕は白く、鶴の首のように一直線で、見ると薄い産毛が水で皮膚に張り付き、ライトに反射してキラキラしていた。

「お先に。」

お姉さんは湯船から上がり、タオルを持って脱衣所へと歩いていく。背中の般若と目が合ってもわたしはもう怖くなくなっていた。


「そろそろ出ようか?」

二人で脱衣所に行き、ドライヤーで髪を乾かす。短髪のためすぐに乾いたいろはは横でずっと、早くしてよとぐずっているが、わたしは気に留めず、重く湿り張りついた髪が軽くなるまで、ゆっくりと乾かした。東京の銭湯よりも時間がゆったりと感じるのは気のせいかしら。

鏡にはいつものわたしがいる。鏡に映ったわたしと目があう。

「どっちも偽物だなー。」

独り言のように声が出るといろはの話し方にそっくりで笑える。

脱衣所を出て、じゃんけんをして、買った方がおごるというゲームを大人気なく制したわたしはいろはのおごりでコーヒー牛乳を買い、それが格別に美味しかった。いろははこれ以上はもう膨らまないだろうといえるほどに頬を膨らませ、ふてくされて愚痴をこぼす。

「いろはの財布から夏目漱石がいなくなっちゃった。」

「いろは、よく古いお札持ってたね。でも、坊っちゃんも道後温泉で使われて消えたのなら本望なんじゃないかなあ？」

　わたしたちは湯の町の商店街を並んで歩きながらそんな話をした。

　見上げるといろはの言っていた通り。おじいさんが頭に手ぬぐいをのせている江戸っ子？　のポスターが何枚も商店街中に貼られていた。

「この季節に浴衣じゃ寒いね。湯冷めしちゃうよ。」

　下着の上に浴衣、その上に羽織一枚のわたしは鼻をすすりながら言った。藁草履からはみ出た親指と薬指を丸める。

「バカねえ。オシャレって我慢がつきものなのよ。」

　いろはは頭に手ぬぐいをのせながら口を尖らすように言った。

「そうだね。」

「そうだよ。」

わたしはいろはとぼとぼ宿まで歩き、〝くしゅん〟〝くしゅん〟大きなくしゃみを二つして、互いに顔を見ながら笑い合った。そして、それを合図に宿まで競走するように走りはじめた。

浴衣ははだけ、足は放り出されたが人目など何も気にせずに、夕日の差しはじめた煙の街を夢中で走った。

その星が地球と呼ばれていた頃
人をあてがわれたわたしたち
数えつづけた月の着替え
愛と呼ばれそこねたいくつかのこと

雨の音で目を覚ます。ううん。本当は目を覚ます少し前には、雨だってわかってた。窓ガラスに当たる、重さのない雨。この匂いが好きだから。

ましろが朝ごはんをつくる音が枕の奥から小さく聞こえてくる。ふんふん。鼻を鳴らすと、どことなくこげくさい。また卵こがしてるな。

「タラランタン。タラランタン。」

プーさん、歌ってるところ悪いんだけど、雨の日のいろはは早起きなんだ。プーさんの目覚ましが不必要なくらいにはね。左手で、蜂蜜のつぼを押すとやさしい顔のプーさんはやさしい顔のまま「おはよう。今日もいい調子だね。」そんな言葉ではげましてくれた。でも今までその言葉で元気が出たことは一度もない。プーさんの横には青いガラスが飾られている。いろはにとっての魔法の石。

横に敷かれたましろの布団は人の形を保っている。長い黒髪が一本、シーツの上に落ちてて、それを拾い上げて左手の薬指にまく。慎重にだんだんときつくまいていくとボンレスハムみたいに肉は膨らんだ。鼻によせ、匂いを嗅ぐと、温泉で買ったシャンプーのせいだろう、道後の匂いがして、二ヶ月前のことなのにもう懐かしく思い出す。

いろはがいつか結婚したら、ましろは一人になるし、不安になっちゃうなー。手にはめられた指輪でも見上げるように、雨の当たる窓ガラスの前に手をかかげた。薄暗い部屋の中、窓ガラスからのやわらかい光が、ぽわーっと、それこそ幸せのレースのカーテンみたいに顔にかかる。

「あんた、何やってんの？」

ましろが台所から寝室にやってきて顔をのぞかせる。あ、寝室といってもうちはココと台所だけ。その声に驚いて髪の毛は切れてしまった。

「ううん。ちゃんと起きたでしょ。ほめてもいいよ。」

「ほめないよ。十歳にもなったら起きられるのは当たり前だよ。」

ましろは台所に戻り、背を向けながら言った。換気扇が回ってる。やっぱりやったのだろう。立ち上がると今度ははっきりとこげくさい臭いがした。

「ねえ、ましろ、なんで目の前にいるのにこがすの？」

「うるさいな。考え事。」

自分の布団、次にましろのを畳み、そして端に立てかけてあった木の丸机を出して真ん中に置いた。この机は、昔、どこかの家の引っ越しで捨てられていたのを内緒で拾ってきたやつ。千葉の有料粗大ゴミ処理券が貼ってあって、かっこ悪いからはがしたらもっとかっこ悪くなってしまって、いろはがペンを入れてかっこよくしたんだ。シールのはがれた痕の上に真っ赤な花を描いたんだよ。花はいいよね。本当だよね。

その木の机に朝ごはんがのる。二人分。緑茶。スクランブルエッグ（こげてる）、ご飯（水気が多い）、お味噌汁（濃すぎる）に海苔（味つきのにしてほしい）。スタンダード極まりないそれらを口にかき込む。

「あーー、ましろ。今日は雨だからさ、花に水をあげなくても大丈夫よね？」

「うん。そうね。大丈夫だと思うよ。」

「よかった。」

毎日、水をあげている、お風呂場のちょうど裏にある階段、その中腹あたりに置かれていた植木鉢。何ていう花なのかはわからないけど、机に描いたのと同じ、真っ赤な花。

「いろは、早く着替えなさい。もう学校の支度はしてあるの？　昨日の夜、何度も言ったでしょ？　あなた起きるのギリギリなんだからさ。」

「また、はじまったよ。」

グレープフルーツがいくつもプリントされた長い靴下を履き、それがすっぽりと隠れる緑のスカート、そして真っ赤なセーターをタンスから出してきて腕を通す。緑のスカートと合わせると、クリスマス柄みたいで少し恥ずかしいけど、クリスマスはもう四日後。今から楽しみだな。

「いってきまーすっ。」

ランドセルを背負い、青いガラスはポケットに入れ、セーターとの静電気で髪の毛が逆立ったのが落ちてくるのすら待たずに、部屋を飛び出した。雨が降っていたのをすっかり忘れていて、ドアを開けて勢いよく外に出てしまい、さらさらっと顔に雨のミストを被る。

「ひやこ〜。」

目をつぶって顔で雨を受け止める。さっき起きた時の軽いのより、少し雨足が元気になってるみたいだ。

「傘。」

とか言いながら、振り返らず両の足は歩き出している。こういう言葉と行動があべこべなところは自分でも不思議だけど、いつだって思うより先に行動が勝ってしまうんだ。

「振り返ればすぐに取れるのだけどなー。」

一応、口には出した。もはや口の運動。傘を取りに戻るつもりはない。そのまま学校を目指して歩きはじめた。

雨の日は、植物の色が鮮やかに見える。この葉の蒼さは水をいっぱい吸って、生きようとする色なんだと思う。全部が息をふきかえすみたいだ。蒼色が喜んでる声を聞いていて、で、なんでそれで思い出すかな、ましろのセックス。

この家に引っ越す前、隣の部屋で何度も見た。せめて、襖でも閉めてくれたらいいんだけど、気の利かなさがすごいっていうか、襖も開けっ放しにしているから全部見えた。どうしてそんな苦しそうな声をあげてるのか、さっぱり理解できなかったんだ。

さっきまで一緒にいたお母さんとは全然ちがう人ですごく怖かった。でも、同時になんか生きてる顔をしてた。襖の横で立ち尽くすいろはと目が合っても、ましろはやめようとせず、頬に桃色をうっすら浮かべて、それを見たら何も言えなかったし、いつのまにか気持ちわるいとも思わなくなってた。その浮かんだ色自体が喜んでいたのがわかったから。

でも、どうして今こんなこと思い出しちゃうかなあ。小石を蹴りながら歩くとナメクジが道路を渡ろうとゆっくりと身を這わせていた。しゃがみこんで背中を撫でるとネバネバの糸が人差し指と親指の間で一本伸びた。雨が降って傘をさす人もいれば、喜んでる子もいる。いろはは雨が溢れてくるところを見上げた。

飛行機で、ましろと傷をいやすツアーに行ってる時に見た不思議な空。空に傷口ができてて、そこから涙を流してるみたいだった。でも悲しいから泣いてるわけじゃないみたい。嬉しいでも悲しいでもなくて、ただ涙がこぼれていくようだった。そういうこと、いろはにもたまにあるんだけど、そんな空って初めてだったから見とれてしまった。

ましろも最初は起きてたんだけど、いつの間にか眠っていた。周りを見渡しても、大人はみんな一人残らず寝ていて、さっきまでずっと泣いてた赤ちゃんと目が合った。赤ちゃん、笑ってた。あの時間。まるで、大きな怪獣の温かい胃袋の中で揺れてるみたいな静かな時間。生まれてくる前のお腹の中に戻って浮かんでいるような、そんなことを思ってたら、いつの間にか、外は夜になってて、窓ガラスにはいろはの顔が映ってた。しばらくその見慣れた顔を見ているうちにいろはも眠たくなってしまったんだ。

階段へ行ったら、花とじいちゃんが雨の中にいた。あ、じいちゃんっていうのはね、いろはと同じで、花の様子をいつも見にきている人。

ある日、気づいたら階段の真ん中くらいにポツンと花は置かれていて、でも日に日に、しおれていってたから、仕方なくいろはが水をあげるようになったら、ちょうどその頃からかな？　そのじいちゃんも来るようになったのね。

いつも、見てるだけだから、たまにはじいちゃんも水をあげてくれませんか？　って頼んでみたのだけど、断られちゃった。むかつくよね。

「それはぁあんたの仕事じゃろう。」って。

あ、今の喋り方は真似ね。


「老人！」

「おうおう、お嬢ちゃん、すごい呼び方で呼んできたのう。」

「花、風邪ひかないかなーと思って。ほら、すごい雨でしょ？」

手のひらを広げると、そこに冷たい雨が層のように落ちてくる。さっきよりもさらに強まった雨足と寒さでしびれ、手の感覚がわからなくなってきていた。

じいちゃんは、いつものことながらひどい格好をしている。いろはの言葉では言い表せない、色を放棄したみたいなくすんだきたない服。

「花は強いから大丈夫よ。ほれ、お嬢ちゃんも今濡れておるけど大丈夫じゃろ？　いのちは強いんじゃ。同じよ。」

「ちょっとかじかんできちゃったけどね。」

拳をつくり、再び、手をひらく。じんわりと桃色が力の入っていた場所に浮いている。

「じいちゃんこそ濡れてしまって大丈夫なの？　老人が風邪をひくと若い人が苦労すんだよ。」

「ははは。ほれ。全然平気じゃ。」

そのじいちゃんは手をぶんぶんと三回ほど振り回した。いろはは、腕を回して元気をアピールするのはいかにも老人っぽいなと思ったけど口にはしなかった。きっと、それは失礼というやつだから。

「傘はささなくて平気かな？　お嬢ちゃん。傘をあげたいがワシも切らしててなあ。」

じいちゃんは肩でも外れたみたいに手をぶらりと振り子のように前後に揺らしながら言った。

「うん。たまにはいいんじゃないって、そう言うの。」

「誰が言うんじゃ？」

「うんとね。声が。」

「声？」

「うん。心臓と胸の間からね、声がそう言うの。誰なんだろうね。」

いろははは胸に手を当てる。染み込んだ水がぎゅうと音を出し、その奥で〝とんとんっ〟と心臓の音とはちがう、皮膚の内側からノックするようなそんな音が聞こえた。雨足がまた少し強まったようだ。いろははしっかりと濡れていた。

「その声の主はたましいって言われてるやつかもしれんよ。」

「うーん。言葉はわからない。けど、いいの。わからなくていいってことだけなんとなくわかるから。」

「そうかそうか。それはそうと、ほれ、お嬢ちゃん、学校遅れるよ。」

じいちゃんは笑いながら言った。笑いながらと言ったけど、実は、目では確認できないくらいなんだ。ひげが結構すごくて、目元も口元も毛がボーボーに覆いかぶさっているから。でも、ほら、空気の色がパッと明るくなったから笑っていた、で、いいんだと思う。

「うん。行くね。」

いろはが階段を勢いよく降り始めると、頭の上を一斉に渡り鳥が飛んでいった。名前はわからないけど、うんと色んな種類が、まるで逃げだすように一斉に。

くるりと振り返ると赤い花とじいちゃんの右手が揺れていた。じいちゃんは手を振りながら、今まで見たことのないような険しい顔で空をにらみつけていた。いろはの方を全然見ていなかった。笑っていたであろう黄色い空気は撃ち落とされ、蜃気楼のように靄がかかった景色の中でじいちゃんはひとりぼっちだった。

いつもなら、通学路では何人かの同じ学校に通う子に会うんだけど、お花のところで長く過ごしすぎたせいか、誰にも会わない。それどころか、人は誰も歩いていなかった。雨足はさらに強まり、ランドセルは水を弾《はじ》くけど、でも、さすがに教科書なんかが濡れてしまいそうだなと思う。けれど、濡れたら濡れたで、仕方ないって理由になる気もするのよね。えへへ。学校はそんなに行きたいところってわけでもないし。

街が雨の音一色、ごうごうと渦巻いてる。雨で前髪が顔にへばりついてあまりに目の中に入るから、近くのアパートの屋根の下に入り、片手で前髪をかき上げて、後ろに流した。

ふと、雨宿りしている場所から薄暗い通路に目をやると、小さな灯はついているのに黒色が深く、そして聞こえる、暗闇の向こうの声なき声。見えない場所にいるどす黒い何かに吸い込まれそうで足がすくむ。寒さで肩も膝も震えて、鳥肌も立っていたし、何より胸が苦しかった。闇そのものが泣いているみたい。ドアの隙間から、エアコンの排水ホースから、白く濁った液体がゆっくりと漏れ出してくる。横の部屋のドアからもだ。

「ここにいてはいけない。」

いろはは急ぎ足でアパートを背に、雨の景色の中を走った。直感で思う。何かの蓋が開きかけている。一秒でもその闇と目を合わせていたくなかった。


遠くない空でぴかり、またぴかり、雷がどこかに落ちてるみたい。ゴロゴロという呻き声のような低い音はずっと聞こえるけど、でも、不思議なことに、後で鳴るはずの炸裂音がいつまで待ってもこない。代わりに、心臓と胸の間、泣きたい時に痛む場所、そこから鳴る呻くような音はどんどんと大きくなって、体の内側で反響して、やたらとうるさかった。

耳を塞いでみてもその音は鳴り止まなくて、音という音、その全てのボリュームが上がったみたいに、肺や頭に反響する。

雨をぬぐい、目をうっすら開けて空を見ると、膿んだ灰色の曇天が真っ二つに割れていて、そこから堰を切った涙のように濁った雨が溢れていた。雪になる直前のような冷たい雨。飛行機の上から見た空の傷と似ている。でも、よく見ると傷口は一ヶ所ではなく、たくさんあって、それを見ていたいろはの目からは、悲しくもないのに、いつしか涙が溢れてた。

声をあげてわんわんと泣く。

でも泣き声は大きな空の涙にかき消されて誰にも届かなかったと思う。後で思ったことだけど、その時は、きっとみんな各々のやり方で泣いていたから。錆びた階段の手すりも、階段脇のドブを流れる空き缶も、あの渡っていったたくさんの鳥も、枯れた草も、イルミネーションを這わされ垂れ下がる枝も、墓石のように立ち並ぶビルも、静かに雨を浴びるお寺の鐘も、傷だらけの窓ガラスも、赤い花も、アパートの通路の闇も、みんなみんな知らず知らずのうちに泣いていたんだと思う。鳥や空は一足先に気づいてた。人間が気づくのが一番遅かったんだ。いろははポケットの中の青いガラスを強く握りしめていた。

転がった冬の地面、雨を浴びているコンクリートの匂いだけは鮮明に覚えてる。

その星が地球と呼ばれていた頃
人をあてがわれたわたしたち
数えつづけた月の着替え
愛と呼ばれそこねたいくつかのこと
光と名付けられなかったわずかな発色

雨が銀杏の葉を打つ。大きな木の下って幾分か雨のあたりが弱い。そんな当たり前のことに、へーなんてちょびっと感動したり。

一枚。また一枚。枯れはじめた銀杏の黄色は、ワルツを踊るように軽やかに回転しながら落下していく。足元は濡れた落ち葉のカーペット。革の靴で葉を寄せると、グレイのコンクリートが黄色や茶色の隙間から顔をのぞかせた。

この赤い革靴は何年か前のクリスマスに自分へのプレゼントで買ったもの。寒い時期がくると好んでよく履いていいるんだ。

天気のこと、風や葉っぱの色のこと、別にどっちでもいいなんて思いたくない。雨に触れる皮膚の光沢はワタシが生き物だと教えてくれる。

しゃがみこんで、綺麗に見える葉を一枚拾い上げ目の前へ。真っ黄色に見えたそれも、橙色にグラデーションがかかっていて、よく見れば葉脈が浮いているし、斑点のような染みや、水分が行き届かず枯れはじめている箇所もある。指でなぞりながら人の皮膚のようだとも思った。黄金色を薄めたような細い毛が逆立っていて、そこに小粒の水滴が流れる。見上げる葉は一枚一枚が体をひねって雨を浴び、季節を丁寧に受け入れにいく。

「おかけになった電話をお呼びしましたがお出になりません。ぴーという発信音の後にお名前とご用件をお話しください。ぴー。」

「お父さん、ゆうきです。こっちは最近雨が多いよ。でも、それも悪くないよ。ほら、聞こえるかな？　雨の音。今年の冬は本当に寒いみたい。あんまり薄着しないでね。また電話するね。」

通話が終わったいつものアイフォンの画面。持ち上げていた頬の肉が寒さで硬直している。

「十二月の銀杏の木はあの独特の匂いがしないなあ。」

鳴き声がしてふと目線を上げると小さな白い鳥も雨宿りし、羽を乾かしていた。鳥の羽には油があって水を弾くなんて話、もう随分と昔に学校で習ったような気がする。一番は英語だけど、理科の成績も悪くなかったの。

ポトリ。

ポトリ。

乾いた木の枝や幹に水滴が染み入るのにじっと聞き耳を立てるような静かな時間に一筋の風が吹き、ワタシの前髪は静かに揺れ、鳥が羽音もなく飛び立つ。ちょうどそんな時、そんな時だった。

アイフォンが聞きなれない緊急アラートのような警告音を発して、体がびくんと硬直する。スカートのポケットからアイフォンを取り出し見ると、画面が一度真っ白に、その後、「通達」という題名の短い文章がトップ画面に表示された。

ワタシは元々、頭がそんなにいい方じゃないから、全くと言っていいほど内容が飲み込めないし、先ほどの聞きなれないアラート音のせいか胸の奥の方がざわついてしまって、その見慣れない画面の文字全部を目で追うのがやっと。本当にやっとだったんだ。

真っ白な頭で何度も何度も文字を追う。

途中、画面の上に水滴が落ち、拭おうと親指を沿わせたところで、もう一滴ポトリ。その水滴が木の葉の隙間からではなく、自分の顔からこぼれていることに気づく。

涙はぽろぽろと溢れ、液晶の上を転がった。水滴の玉が発光し、拭っても拭っても、グラデーションになる。でもね、ワタシ、悲しくはなかった。悲しいという感情にたどり着くよりも前にワタシは泣いていたんだ。


肩を濡らし雨で重たくさせながら、家路につく。

玄関から上がってバスタオルに手をかけた時、水でふやけた桃色の指先を見て、ああ、コンビニからの帰り道、買ってきた紙パックのミルクとクッキーを先ほどの場所に置き忘れたことに気づく。

そして、この世界の約束を思い出した時、自然と涙が溢れたことに今更ながら驚いた。泣くほどの執着が、生きていることにあると思っていなかったから。恐怖でもなく悲しみでもなく、ワタシの目からは涙が溢れたんだから。


濡れた服を着たまま、体をやや引きずるようにお風呂場に入り、ガスの湯沸かし器のつまみを回して、点火、シャワーの蛇口をひねった。型の古い湯沸かし器の奥のエンジンに当たる箇所が〝ぶるん〟となって、蛇口から白い湯気がふうと上がる。

ワタシは濡れた革靴ではなく白のコンバースに履き替え、勢いよく部屋を飛び出して、先ほどの銀杏の木の下へ駆けだした。

神田川沿いの道、決して綺麗とは呼べない川だが、普段は鯉がのどかに泳いでいるちょうどいい散歩コースになっている。今、錆びた手すりから川を覗き込むと鯉も水鳥もおらず、一斉にシャワーを浴びる灰色の水面だけがあった。

アパートとコンビニのちょうど真ん中あたり、銀杏の木の下にある黄色い絨毯の上に、忘れられたレジ袋はポツンとたたずんでいた。その袋を持ち上げると、この数分で中に水が溜まっていた。ミルクとクッキーを取り出して地面に置いて、袋をひっくり返し、水を外に出した後、再び袋の中にミルクとクッキーを入れた。クッキーの黄色い箱は水で濡れて、地の紙の灰色が溶けだしていた。来た道を再び走り出す。

「はあ、はあ、はあ。」

喉を通って肺に送られる冷たい空気の感触。

家に戻ると、靴を脱ぎ、玄関にミルクとクッキーを袋ごと投げるように置いて、そのままお風呂場に入り、すでにお湯の出ているシャワーになだれ込むオットセイのような体勢で、服を着たままの体を滑り込ませる。

首筋からじんわりと温かい温度が広がって、冷えた体がゆるやかにほぐれる。髪の先、顎の先から滝のようにお湯が溢《こぼ》れ落ちていく。

お風呂場は、湯を出しっぱなしにしていたため幾分かあったかい。ワタシが冬場によくやる必殺の暖房技だ。誰にもこの技のことを話したことはないけれど、世界初の試みなのではないかと密かに誇りに思っている。

お湯が体全体に行き渡り、着ていた水色のトレーナーと黒タイツにブラウンのコーデュロイのスカートは水気をこれ以上に吸えないというほど吸って体に張り付き、重たくなっていく。太ももあたりに見つけた小さなタイツの穴を、指で円を描くようになぞる。外で一度冷えたせいか、数分前から尿意をもよおしていたワタシはシャワーを浴びているその体勢で服を着たままおしっこをした。じんわりと股の間が温かくなって、排水口の方にうす黄色の液体が流れ、吸い込まれていく。だらしなくよれていく背骨、背徳感と呼ぶべき、不思議な高揚感と下半身の温かみがあった。

「あ。」体勢を変えようと足を組み替えた時にポケットに違和感を覚えた。

「やっちゃった。」

ポケットからシャワーでずぶ濡れになったアイフォンを取り出した。画面を押してもすでに水没後なのか、真っ黒のまま。今度は声が出ないほど脱力して、一度、大きくため息をつき、力なく笑った。

お漏らしをした服はよくお湯で洗い流す。重くなった衣類はお風呂場から運ぶ時にポタポタ水が垂れないよう、軽く雑巾絞りのように水気を切って、丸ごとまとめ、そのまま洗濯機へ入れる。それでも、重い衣類は赤子の体重くらいはありそう。服を着たまま海に入ると溺れてしまう、その原理をこの時はいつも身をもって理解した気になる。ワタシはバスタオルで軽く体を拭き取り、石油ストーブの前に行って、マッチで火をつけた。

台所にあるやかんに、先ほど買ってきたミルクをそそぎ、ストーブの上へ置く。

「湯冷めしちゃう。」

ぶるん。裸で台所と部屋を行き来していたワタシの体がしゃっくりのように一度、身震いする。こういう体の反射的な動きを感じる時、ものすごく動物ぽくって、どことなく安心する。

「もう少し駆け足であったかくなってくれると嬉しいんだけどな。」

青い炎はしばらくたってからやっと、橙色の熱の塊になった。

ワタシは先ほどの濡れたアイフォンと横並びになって、橙色の光源の方へ、そういう恐竜のように首を伸ばし、髪をゆっくり乾かした。顔の表面が熱を感じている。ドライヤーを使うことももちろんあるけれど、あの音が忙《せわ》しなくて、時間がある時はこんな風にゆっくりと乾かすことが多い。

前髪の先端に、水滴の粒が膨らみ、膨らんでは重さに耐えきれずに落下する。そのリズムが少しずつ、少しずつゆっくりになって、静かに髪は乾いていく。

「アイフォン乾いたら電源入るかな。」

少しだけ鼻声になった自分の声に気づきながら、床にタオルを敷いて、その上にアイフォンを寝かせて乾かしてみる。問いかけてみても、うんともすんとも言わない。壊れた機械とはそういうものだろう。

お父さんは「通達」を聞いて、大丈夫だろうか？　きっと心配しているにちがいない。

お父さんは名古屋でタクシーの運転手をしている。いつも口癖のように言っていた。

「うまい運転ってな、この道を猛スピードで走り、他の車を抜きされるとか、目を瞑ってもバックで車庫に入れられるとかそういう能力のことじゃなくてな、百回あったら百回ともお客さんを目的地まで安全に連れて行ける運転のことなんだ。」

そして、嬉しそうに缶ビールをぐびっと飲む。

お酒が弱く、すぐに赤くなって寝てしまうくせに、仕事終わりには必ず缶ビールを飲んでいた。お金はあまりなかったけど、発泡酒ではなく必ずビールだった。唯一のご褒美だったんだと思う。Asahi SUPER DRY。

お父さんはちゃぶ台に降伏でもするかのように、なだれ込むみたいに眠ってしまい、ワタシは空になった缶を片付けるために手に取ると、いつも缶の中には一口分だけビールが残っていた。最後の一口を飲んだら終わってしまう。そう思って、残しているうちに寝てしまうのだろう。

シンクに缶を持っていき、ほんの気持ち分だけ残ったぬるいビールを流し、水で中を洗う。

お父さんはお母さんと大学のサークルで出会って、どちらも初めてお付き合いする同士だったことを酔うとよく話してくれた。昔の写真を棚から出してきて、初めて見せるみたいに何度も出会った頃の話をしてくれた。

デートしてもキスもさせてもらえず、それ以上のことはもちろんで、「結婚したらいいよ。」、そう言われてきたのだという。二人は結婚して、ワタシが生まれた。

お母さんはワタシが三歳の頃、交通事故で亡くなった。スーパーの帰り、横断歩道で待っている時に居眠り運転のトラックが突っ込んでそのまま。ワタシはその頃のことは断片的にしか覚えていないし、後々、つくられたイメージなのか、今となっては確かめようもない。

「うまい運転ってな、この道を……。」

その話を聞かされるたびに、皮肉にもタクシーの運転手をしているお父さんの複雑な心境を想わざるを得なかった。でも含みのある言い方ではなく、ただのポリシーとして朗々と話していたように思う。なのに、ワタシはその話を聞くたびにお父さんの顔を注意深く観察してしまう。

お母さんとの具体的な記憶はほとんどないのだけど、ゆうき、その名前をつけてくれたのが母だと聞いた。

勇気。優希。有紀。夕季。辞書で一つ一つ調べながら、結局、ひらがなで名前をつけた、顔も覚えていない母のことを考える。母のことを覚えていなくても、母がワタシのことを想った時間は存在したはずだし、その想いはこの世界から母が離れた後も一日も離れずにずっと残っているようで、ワタシは自分の名前が贈り物のようでうれしい。

「ゆうき。」

お父さんがワタシの名前を呼ぶその声はいつもやさしかった。ゆうきと声に出しながら、名前をつけた母の気持ちをその都度、反芻するように、確かめているような、そんな響きだった。

一度だけ、お父さんが泣いているのを見たことがある。いつものようにちゃぶ台で降伏している父を布団のところに運ぼうと、脇の下に手を入れ、体を持ち上げようとした時、その腕に温かい涙の感触を覚えて、ワタシの体はそのまま硬直した。お父さんは夢を見ていたのか、眠りながら泣いていた。ワタシは見てはいけないものを見た気がした。大人も泣くんだなと思った。

ちゃぶ台の上に広がっていた涙の池を雑巾で拭きながら、やっぱりお母さんのことかなと考えたりした。次の日、父は何事もなかったかのように晴れやかな顔で、ワタシが用意した朝食を食べ、ぴーかんに晴れた朝の名古屋の街に出ていったから、その真相はついに聞けなかった。

しばらくすると、石油ストーブの上のやかんの中身がカタカタと沸騰しはじめたので、角砂糖を二つ、コーヒーカップに入れて、その上にやかんから熱いミルクを流し込む。しゅるしゅると甘い匂いをさせた湯気が天井へと立ち上る。ストーブの前で、バスタオルをかぶった裸んぼうのまま、ホットミルクをすする。熱いものが喉を通り、胃に流れていく様子が絵で表せるほどに立体的にわかる。

コーヒーカップは一人暮らしを始めた時にお父さんがくれたもので、コバルトブルーの海のような、空のような、異国のそれらを思わせる綺麗なものだった。

「こんなところ、行ってみたかったなあ。」

自分でも意識したことのなかった願望がふとこぼれる。十日じゃ無理かもな。無理よね。急に暗闇が内側に流れ込んでくる。「通達」のことがゆっくりと体に染み込んできていた。二十五年間、ワタシは日本を出なかった。語学を勉強しながらも、いつも生活というやつがまとわりついたまま、最後までそれを使って外の世界に飛び出すことができなかった。ワタシは何を必死に守っていたのだろう？　今だって、見渡して目に入ってきた壁かけ時計で、明日の出勤の時刻を気にして、何時間寝られるか無意識に逆算している。心底イヤになる。こんな通知を受けた後の、究極的に自分の生き方を考えるべき時ですら、ワタシは衝動のままに生きることができないでいるんだ。ため息が、部屋中の重苦しい鈍色を集めて、一度浮かび上がり、すぐに重力に負けて沈殿した。このまま何も変わることもできず、ただ悲しい肉として凍え、縮んで、そのまま砂と消えるのか。どこにでもいる、誰とでも代用のきく女A。

部屋に貼られたポスターのあのひとと目が合う。ビジュアル系の雰囲気を纏った白黒のポスター。メンバー四人が全員写っている。六年前、メジャーでリリースした時のツアーで買ったものだと思う。

あの弘前のライブの夜以降、ワタシはあのひとのライブに行っていなかった。

Instagram も Twitter もあの晩の帰りの高速バスの車内でやめた。ワタシは年甲斐もなくあのひとのバンドに夢を見ていたし、その大きさの分だけ勝手に幻滅し、勝手に傷ついたのだと思う。

女子高時代の友人に、酔ってそのことを漏らしてしまった時は、バンドもワタシもひどく罵倒されて、話したことをひどく後悔した。

そんな男のライブ二度と行くな、もっと自分を大事にしな、と。うん。確かにそうよね。でも、大事にするって何？　ライブに行かず、傷つく可能性のある場所を避けただけの自分のこの数ヶ月が大切に生きた時間とも思えなかった。

ふと気づくとアイフォンの画面がストーブの前で発光していた。電源が入ったのはいいが、元どおりに使えるかはわからない。何も映さず、不気味に白い光だけを放っている。ワタシの指は連絡先からはお父さんを選び、電話をかけようとしたが画面の反応が悪く、うまくたどり着けない。

「わかんないや。」

誰もいない部屋で小さく呟いたその声がぞっとするほど寂しい響きをしていて、ワタシはストーブの前で悲しい塊になる。

その星が地球と呼ばれていた頃
人をあてがわれたわたしたち
数えつづけた月の着替え
愛と呼ばれそこねたいくつかのこと
光と名付けられなかったわずかな発色
送れなかったメールの下書き

ふーん。あっそ。

それが最初の印象。

前日、遊びすぎたせいで睡眠が不足していたからか、電車の中でウトウトして、神泉駅についたというアナウンスを聞いて飛び起きた。それでやってしまったわけだ。アイフォンを座席に忘れてしまった。降りた瞬間には気づいて、振り返ったんだがドアが閉まり、電車は動きはじめ、窓ガラス越しにピンク色の座席の上のアイフォンが遠のいて、数秒もすると電車はトンネルに吸いこまれていった。

ここで一度目の舌打ち。

車内に忘れたのがアイフォンだけじゃないと気づいたのは駅のホームを出ようと階段を降りたところでだった。傘。もはや台風ですらないのでは？　と声に出るほどに雨、嵐の風景で、足を踏み出すのも億劫になり、気分というやつは最低だった。舌打ちもしたよ、二度目の。

そんな嵐の中で、とりあえずタバコに火をつけた。年末も近いから今日はバンドのメンバーと打ち合わせがてら飲もうといつもの煙い居酒屋に行く手はずだった。よくよく考えれば焦って電車から降りずとも井の頭線終着駅である渋谷までウトウトが続けばよかったわけだが、デジタル化された駅員の声に誘われて反射的にこの駅に降り立った。と三度目の舌打ちをしたところで、踏切の前に赤い塊が転がっているのに気づく。激しい雨に打たれているそれは、最初、クリスマスカラーのショッピング袋か何かに見えていた。だが、しかし、視力の悪い目を細め、ようやくピントを合わすとそれは小さな体の女の子だとわかった。

「おいおいおいおい。」

俺はタバコを人差し指で弾いて捨て、雨の、というか嵐の中に飛びこんでいった。地面に落下させたタバコが「じゅっ」と短い音を出して消えたのを背後で聞き、右手で額にかかる雨を防ぎながら、俺はその赤い女の子のもとに駆け寄る。周りには誰もいない。聴覚を一気に雨音に奪われる。この空の色はなに？ 見上げると、今までに見たことのない、銀色がふてくされたような鈍い色が雨を降らせていた。

「おいおい、大丈夫かよ。なあ。」

踏切の前で地面に横たわる小さな子をゆすり、抱きかかえる。プールに頭から浸かったように、もうそれ以上には濡れないだろうというくらいに濡れていて、そしてその小さな塊はモノみたいに冷たかった。

「なんだよ、マジで。やばいって。」

ゆすり動かしても返事はしない。生きているかの確認すらできかねる雨一色の音と景色。昨晩、テレビの天気予報では晴れマーク出てたけど？　なんてことを頭の片隅で急に思い出すが、今はそれどころじゃない。雨を防げるところへ移動しなければと周りを見渡してみたが、雨の濁音に冷静さを削がれ、軽いパニックを起こしているのかピントもいちいち合わない。目を開いたり細めたり、俺の肩も水を吸ってたれ下がるくらいに重たくなってきていた。

女の子の横に立ってぐるぐると見渡し、目に入った二階建てのアパートにその子を抱きかかえ走る。なだれ込むように入ったそのアパートは人の気配のない、なんとなく不気味な場所だった。

女の子の胸に、耳を当てる。心臓の音を聞こうとしても自分の動悸がうるさくて聞くことができない。結構な勢いで走ったからだろう。声に出す。「マジで一回落ち着け、俺。」

深く呼吸をして酸素を入れる。

「ふう。」

なかなかおさまらない動悸、前髪から水滴がほぼ滝のように連なって流れ落ちる。少しずつ滝から雨粒へ、その間隔はあき、水滴がぽと、ぽとと一滴ずつ落ちるようになってから、俺は再度、その子の胸に耳を当てた。グッチョリと水気を吸ったセーターの奥から小さいが確かに「どくん」と心音。

「よかった。」

救急車を呼ぼうとポケットをまさぐったが、そこでアイフォンを電車に忘れたことを思い出す。これで助からなかったら己の鈍臭さたるや、シャレにならない。アパートから表の通りに出ると、雨の世界。左右を確認したが人の気配は全くなく、またも舌打ち。

再び、元の場所に戻り、ランドセルを開ける。水浸しの教科書やプリントの間に学校からの手紙。裏面にその子の住所らしきものがある。

歩いてもそんなに遠くないようだ。

「ううん。」

見ると、その小さな子は目を瞑り苦しそうに呻いていた。

「大丈夫か？　家、ここから近いよな？」

俺は顔をその子の耳元に寄せ、女の子に聞いた。

「うん。」

　小さな声はそう答える。

「よし。」

　俺は手紙だけズボンのポケットに入れ、プリントや教科書はランドセルに戻して、その子を背中におんぶした。その上から自分の着ていた合成皮革の安いアウターをかけた。俺が手に持っているランドセルの方が重いのでは？　と思うほどに背負った体は軽かった。

　俺は、ポケットからその手紙の住所を確認し、何度かつぶやいて、覚悟を決め雨の景色に足を踏み入れる。背中から回された細い腕、小さな指で俺の襟元を握る感触。吐息。先ほどより生き物相応の温度を感じたことに少しだけ安堵した。

　十五、六年前になるが、高校時代ピザ屋の配達のバイトをしていたため、住所から家を特定することを体がまだ覚えていた。通りの角にある番地の表示を見つけ、どんどんと家に近づいていく。
「このアパートだ。」

　俺は息を荒らげたまま、強めに扉をノックした。背中にその小さな女の子の吐息を感じる。

しばらくして、その子の母親と思われる人が扉を開けた。扉の隙間から不審そうな、怯《おび》えたような顔でこちらを見ているその目元がよく似ている。

ずぶ濡れの男が息を切らして扉の前に立っているのだからその反応が正しいかもしれないが、こちらとしてもあなたの娘をおぶっている。早口になりそうな気持ちを抑えて、事情を説明すると、人が驚く時の代表的なパターンそのままに、手で口を押さえ、悲鳴をあげ、一度奥の部屋に消えたあと、大きなバスタオルを二つ抱えて戻ってきた。おぶっていたその子を預けると母親はバスタオルで包《くる》んで、ストーブの前に素早く移動する。その時の彼女の顔にもはや動揺はなく、その無駄のない表情は母親の顔だと思った。玄関にもう一つ置かれたバスタオル、何も言われていないが俺が使ってもいいやつなのだろうか。ふと娘のことを思い出すが、自分とこの母親との落差に落ち込みそうになるので、考えないように努めた。

俺は、橙色のストーブの前で冷えた体を温め、髪を乾かす。小さな子は落ち着いたのか母親の膝の上に敷かれた白いバスタオルを枕にすうすうと小さな寝息を立てて、眠っていた。七歳か八歳くらいだろうか。

見渡すと洗濯物が部屋干しされていたが、男物の服がない。置かれた小物や雰囲気から、きっと母子家庭、母親が一人でこの子を育てているんだろうな。まだ少し濡れた娘の髪を撫でる指先が白くて綺麗だった。

「あの、本当にありがとうございます。なんてお礼したらいいか。」

その細い母親は俺より若いかもしれない。膝の上の子の髪を撫でる手を止めずに小さな声でそう言った。

よくよく見ると、部屋の内装は歪《いびつ》で、絵画や子どもの描いた絵に雑誌の切り抜きなど、バラバラな嗜好の絵や写真が天井や壁に、見える見えないにかかわらず不規則に散らばり飾られていて、粗野だが、部屋全体で一つのコラージュのようにも見える。まるで理解し難い現代アートの空間で、そのちぐはぐさに気づくと、歯が浮いたような妙な違和感が内から生まれ、俺は静かに混乱していた。

「驚いたけど、無事みたいでよかった。」

「あの、着替え持ってきますね。」

母親は膝の上の娘の頭をそっとタオルごと下ろして、押し入れの襖を開け着替えを探し始めた。異常に混沌とした空間、上半身を襖の向こうに乗り出して探す、細い腰と白いスカートごと突き出された尻がやけに女っぽくて、妙な歪さが絡み合った末、唐突に桃色の性欲が自分の下半身を中心に流れはじめるのを感じる。イカンイカン、てか、娘の寝ている前でそれはダメだろう？　今日はいいやつで帰るんだ。バンドメンバーも待っているしな。桃色の膨らみに蓋をして、深呼吸する。

「こんなのしかないけど。」

差し出されたそれはゴリゴリのヤンキーが着ていそうな金の龍の刺繍の入った黒ジャージのセットアップだった。この子の父親の物だろうか？　着てみると自分の姿のあまりの胡散臭さに、腰を抜かしそうになる。

これで渋谷行くの？

ファンに会ったら、その分だけファンの数は減るだろう。ただ、雨で重たくなり、冷えきった自分の衣服を着る気には到底なれず、ありがたく、その服を借りることにした。

「お大事に。」

玄関から奥の部屋で寝ている小さな子に声をかける。

「本当にありがとうございました。」

傘を貸してくれた後、扉が閉まっていく間も、深く頭を下げ続けている母親。後頭部が見えるほどに深々と。清々しくどこか懐かしいようなお辞儀、あのどこぞのじいさんぶりだなあなんて感慨もつかの間、あれ？　てか、どさくさに紛れてるけど、あ、そうなんだ。ふーん。世界って、十二月三十一日まで？

首を傾げ難しめの顔をつくりながら、借りた赤い傘の端っこから垂れていく雨粒を数えてみる。しばらくフリーズしてみたが実際のところ何も考えていない。さほど動揺はない。妄想だろうと俺は自分に言い聞かせている。


「お前なんだよ。その格好。ウケる！　ウケる！」

居酒屋で先に飲み始めていたベースの小次郎の第一声がそれだった。やはり、さっき感じたこと、あれは勘違いだったのだろうか。このバカなメンバー見ているととてつもなく安心する。お前のモヒカンをこじらせたような髪型も大概だと思う。

「まあ、色々あってさ、この服は借り物なんだよ。」

袖のいかつすぎる金の龍と目が合う。こういう服が田舎町の商店街とかの服屋に売られてたりするのを誰が着るんだろうと思って素通りしていたが、ごめんなさい俺でした。

「インスタあげていい？」

ドラムの佑がアイフォンを構える。

「いや、絶対、ムリ。」

「いやー、さっきさ、急に世界がどうのこうのとか妄想につかれて参ったよ。俺も合法とか紙とか色々サイケなもん食いすぎて、いよいよここまでたどり着いたかって思ってさ。もうイクのはマリファナだけにしとくな。」

「なー。」佑が相槌を打つ。

「なーって？」

「いやー、驚いたよな。」

「ん？」

俺が佑の顔を見ると、柄にもなく難しそうな顔をつくっている。こいつの小難しい顔、初めて見たけど、死ぬほど似合わない。

「あれ、勘違いじゃなかったの？」

俺は他のメンバーの顔を見渡してみると、バカのくせに佑同様に小難しい顔をしくさっていた。

「光太、『通達』見てないのかよ？」

そう言って、ギターのシゲがアイフォンを差し出す。

「いや、色々あってケータイが手元になくてさ。」

アイフォンを受け取ると『通達』という題で短い文章が載せられていて、そこには世界のおわりに関する内容が綴られていた。黙ってその文章を読む。

「いや、読んでもあんま意味わかんないけど？　これ、お前ら信じてるの？」

俺はアイフォンを油っぽい机の上に置いて、皆の顔を順番に見た。睨むような顔付きだったかもしれない。頬の上が痙攣するように張っているのを感じるし、やたらと目が乾いたから。

「でもこれがイタズラメールじゃないってことはなんとなくわかってんだろ？」

「……ああ。」

しばらく黙った後に、俺はようやくそう答えた。

そうなんだ、確かに今直面してる状況は安い映画のデタラメなシチュエーションそのものみたいだが、なぜだかわかる、胸にへばりつくような確信だけがそこにあったから。

静かになった煙い部屋につけられたテレビの生討論番組から喧嘩寸前の暑苦しい言い合いが聞こえてくる。

「この星の期限が切れるだけで、他の惑星に移住することは可能なんじゃないんですか？人類が知っている宇宙の情報は四パーセント程度だと聞いたことがあります。まだ可能性があるのではないですか？」

世間が求める苦言を代弁するだけが売りになっている、年を取りすぎたお笑い芸人が専門家に向かって怒鳴っている。

「ＮＡＳＡはそういった研究を数十年かけて行ってきて、たった四パーセントなのです。現在、太陽系には移住可能な惑星はなく、違う銀河系に移動しないと不可能です。しかし、もし仮にですよ、時空の歪《ひず》みの研究が秘密裏に進んでいたとして、それを利用し、違う銀河系に移動できたとしても、人類をそこに丸ごと移動させることは十日ではまず無理でしょう。」

「ＮＡＳＡはこのことを知ってたのか？」

違うコメンテーターが口を挟む。

「そういう噂もあります。」

線の細そうな大学教授風の男はそう答える。

「たけぇ金かけて研究して役に立ってねえじゃねえか？」

コメンテーターが声を荒らげ、スタジオがざわつく。

「星の期限に研究が間に合わなかったのでしょう。この星で利権を持っていたものが研究の進行を妨害していたという説もあります。」

「ふざけんな！」

「じゃあ、このまま滅びるの待てってていうのかよ！！！　ああん？」

芸人は机の上の資料を投げ捨て、スタジオから出ていく。


あー。どうでもいい。大きな出来事の後に必ず起こる茶番にしか見えない。これからきっと、放置してきた倫理の欠陥がテレビでも恥ずかしいほどに醜く表れていくのだろう。そもそも彼らの討論に未来を見出す人など誰もいない。なぜか少し前に殴られてできた目尻の傷跡がズキンと一呼吸するように疼いた。

たいていのルールが自分たちの手の届かないところで決定されていくことを、平民である俺たちは十分に知っている。今までだってずっとそうだ。この世界においてほとんどのものは傍観者としての椅子しか用意されていなくて、決定されたことに黙って従う小数点以下の存在でしかない。それでも存在の証明を求めて、有名タレントをこき下ろし、炎上に追い込んでは自分の価値を確認する。通過儀礼のように怒りをぶちまけ、悲しみを吐露し、それが何も生み出さないことなど知りながら、それでも吐き続け、まるで過食症のような痴態のルーティンを晒《さら》している。

今頃、ＳＮＳを開けば、そのゲロでひどく荒れ狂っていることだろう。吐きダコに貼る絆創膏はなく、フェイクニュースに愚痴に暴言。責任をなすりつけあって悲観そのものと化した人類の失敗を悔やんでいることだろう。舐め合うには苦すぎる傷をほじくりあい、タイムラインを駆け上がる文字は血を流していることだろう。とても参加する気にはなれない。

「ちっ。」

それにしても、たかだか七百文字程度の文字を使って、あと十日？　この世界の約束の時がきた？　ふざけてるよな。俺は五度目の舌打ちをした。最後のそれは悲しい響きを持って、油ぎった床に落下した。

その星が地球と呼ばれていた頃
人をあてがわれたわたしたち
数えつづけた月の着替え
愛と呼ばれそこねたいくつかのこと
光と名付けられなかったわずかな発色
送れなかったメールの下書き
うたになりそこねた音符の残骸

わたしはいろはに強く当たって、それを取り返すように泣きながら謝って、そんなことを何度も繰り返してきた。

ストーブの前、まだ少し湿ったいろはの髪を撫でる。何度この手をあげただろう。掌から細い手首に向けて浮いた青い静脈。よく見ると小さく波打っている。

すうすうとかいている寝息に耳をすまして、わたしはため息をついた。その息はすぐに机の角にあたり落下する。先ほどよりも雨足の落ち着いたのが、窓ガラスの震えでわかる。この窓にはわずかだが隙間があって、窓枠の桟からは冷たい風が吹き込んでくる。築何年だったかしら。古い木造のこのアパートに二人で住み始めて三年くらいだろう。隙間風は寒いけど、ストーブを全開にすれば狭い部屋なのも手伝って、すぐに温《ぬる》い空気が回り、そして、何もかものやる気がたちまちなくなる。

静かな時がとろり溶けて、ゆっくりと煮込んだスープのよう。わたしの輪郭もずっと曖昧になって、やさしさそのものになっている。

ずっと嵐でいて欲しかった。

こうやって愛を与えている間はすごく安心する。自分が母親を全うしていることに満たされる。自分勝手なのはわかってるし、屈折しているけど本当の気持ち。ずっとこうやって、いろはの頭を撫でていたい。わたしには、母親としていつもひどいくらいに余裕がない。やさしさらしきものを与えて、母親を全うしている実感がないと、自分を正常に保てないほどに。

わたしの母親はわたしにあまり興味のない人だった。小さな漁港の街で母と父とわたしの三人で生活していたのだけれど、今まで一度も愛情というものを感じたことがない。ただ、ある程度不自由なく育てられたことで、怒ることも、グレるきっかけも与えられず、かといって確かに信じられる愛を見たこともなかった。少なくとも当時のわたしはそう思っていた。今になって思えば、育てること自体が大きな労力のいることで、わたしにも倒錯した思い上がりの部分もあっただろう。ただ、母のその目だ。冷めきっていて、色はなく、まるでモノを見るのと同じトーンでわたしをいつもじっと見た。

それでも、片時も離さずわたしの指は母親の袖を握り、いつも愛されようと必死で明るく接した。小さなわたしの目で見ていた小さな世界で、母はあまりに大きすぎたのだ。気の弱い父はずっと母の味方をし続けた。

決定的だったのは、わたしが中学生の頃だ。母は重い病気で倒れた。ほとんど毎日、学校がおわると急いで病院に行って様子を見ていたのだけど、どんどんと病状は悪化していき、そして今日の嵐のような雨の降る晩だった。母の口はこう言った。

「あんたなんて産まなきゃよかった。」

感情のない、乾いた響きだけの十数文字の羅列が、わたしをつなぎとめていた何かの線を切って落とした。音もなく。

わたしは泣きながら、何も言葉は言わずにカバンを持って病室を出た。父親にそのことを話しても、ただ「母さんも病気で辛かったんだ。」とその場しのぎの綺麗事しか言わず、雰囲気だけのやさしさはわたしを傷つけたし、なんとなく収束させようとする父をわたしは心底軽蔑した。

結局、それがかつて母と呼んでいたその人に向けて流した最後の涙になる。そのままその人は意識がなくなり、数日後、亡くなった。あの病室での最後の言葉。お葬式では、何度も泣かされてきたわたしはまったく涙が出ず、その人が煙になって空に溶けていくのを見ていたあの空っぽな気持ちを今でも覚えている。

だから、わたしが激昂していろはに「あんたなんて産まなきゃよかった。」、そんなセリフを吐いた時、胸が押し潰されるとはこのことかというくらいに悲しかったし、誰かわたしを殺してくれ、と思った。遺伝してると最も信じたくないその箇所をとにかくわたしは憎んだが、でもそんなひどい言葉を吐いてしまったことは言い訳のしようもない。

わたしはずっと長い時間をかけて愛を返していくつもりだ。三十代に入って随分それも上手になったつもりでいる。わからないところもわからないまま受け入れることができるほどに。それはいろはが成長していったのも大いに関係してるし、それでもまだ愛で返していくにはかなりの時間がかかるだろう。

それなのにあんまりだよ。

おわりだなんて。

何日も泣き続けた。テレビのニュースでは、悲しみの回路も処理されているのでは、なんてことを意地悪そうなレポーターや専門家が発言していたけど、だとしたらわたしの分は切り忘れたの？　とクレームをつけたくなるほどにわたしは泣いた。泣き疲れては眠り、眠りながら泣き、その涙で目を覚ました。でも、情けない話、それは悲しかったからだけではなく、その悲観した鈍色のぬるま湯の中にひたっているのが心地よかったからだろう。希望を持ったり、迷いの中にいたりするのはひどく体力がいる。いろはは少し風邪ぎみで、学校を休んでいたこともあって、ずっと側にいてくれた。本当はわたしがしなくちゃいけないことなのに。母親失格だ。

「ましろ、ずっとゴロゴロして過ごすつもりですか？　ここの文字が読めないなら読んであげましょうか？」

いろはは、ストーブの前で横たわっているわたしのセーターの中に、お腹あたりから潜り込み、襟から顔を出して言った。

「襟がのびちゃうよ。」

「あなた自体がのびてるんです。」

落語家のようないろはの返答は的を射貫いていて何も返せない。

ええっとですね、ここです。いろははわたしのアイフォンの画面を開いて音読する。

「どうか、動揺なさらぬよう、地球での残りの人間活動を健やかに過ごされることをお祈り、お願い申し上げます。ほら？　ましろ聞いてた？　こう書いてあるじゃん？　ね？」

「ここをそんな風に真に受けて活動できる人は相当ポジティブかバカな人だけだよ。」

わたしは首元から顔を出すいろはに視線を向けて言った。兎の目のように透き通っていて、いろはは至近距離でも生き物だった。

「バカでいいでしょう。バカだとバチでも当たるんですか？」

いろはは口を尖らせる。蓄膿症ぎみのいろはの鼻をすする時のくせ。まだ風邪がちゃんと治っていないのもあるだろう。

「ううん。そんなことないけど。」

「まずはさ、こんなのもう見て泣いてたって仕方ないんだから電源切っちゃおう。」

そう言うと、いろははスマホの電源を切った。真っ黒になる画面、そこには泣き腫らして随分ひどい顔のわたしが映っていた。

「ねえ、いろはは通達のことどうやって知ったの？　スマホ持ってないじゃない？」

「いろはは雨に濡れたからね。わかったの。」

「そんな風でもわかるんだ。」

「そりゃあそうよ。スマホもテレビもない鳥や犬、ナメクジにもみーんなに知らせてるんだから。」

「あと十日でやりたいことって何なの？」

鼻をすすって聞く。

「あと五日です。ましろが間抜けだからもう五日もたってるよ。」

そうか、五日も。具体的な数字のリミットを聞いて、急にストーブの前でとろけている場合でもない気がしはじめ、内側からじんわりと焦りだすのを感じる。

「何がしたいのよ？」

「紙に書いたよ。みたい？」

「うん。」

「まず一つ目はね、ましろをストーブの前から解き放ちたい。」

「お、言ったね？」

わたしはセーターの中に潜り込んでいるいろはの脇をくすぐると、仕返しのようにいろはもわたしの脇腹をくすぐる。二人で声をあげて笑いながら転がると、わたしはストーブにごつんと頭をぶつけ、振動で地震感知センサーが反応したのか、電源が自動的に落ちた。橙色の熱源は冷やされ、笑い終わる頃には、暑すぎた部屋に、窓から一筋の隙間風の通り道ができる。

それが合図になった。

わたしといろはの最後の五日間がはじまった。


「これさ、特別なことってほとんどないじゃない。」

「あのね、ましろはわかってないな。今この時がかけがえのない特別なことなんだよ。」

いろはの見せてくれた紙には、死ぬまでにしたい百のこと的なものがびっしりと書かれてはいるものの、正直、面白いアイデアはないように思えた。

「そうなんだ。うん。わかるけどさ、ほら？　小説にしたら映えるような特別なアイデアとかないわけ？」

そのノートに書かれた一つ一つに目を通していく。

〝歯磨きを五分以上する〟

〝続きものの漫画の背表紙を順番に揃える〟

〝九九を覚える〟

ん？　九九って、小四でまだ、九九覚えてないんだ。そこは触れずにそっとしておく。

「人生は小説じゃないんだよ。これだから素人は。」

「いや、わかるけどさ。」

読み進めていくと、気になるものが一つあった。

〝英語の会話教室に行く〟

「ねえ、いろは？　英語なんて好きだったっけ？　勉強なんてしたかったの？」

「ううん。勉強じゃなくてさ、会話がしてみたいんだよ。だから学校とかじゃなくて、英会話教室に行ってみたいの。」

いろははそう言いながら、先ほど電源を切ったわたしのスマホを自分の引き出しの中にしまった。もう使うなという意味だろう。

「学校とかじゃダメなんだ？」

「うん。できるだけ勉強じゃない形で教えてほしいし、ちがう言葉で話してみたいのよね。」

「そっかー。」

変な子だなあと思う。

「ねえ、お腹すかない？　出前取ろうか？　ピザにする？」

「ましろ、せっかく動き始めたんだからスーパーに行くんだよ。そのやる気の炎が消える前にさ。絶体絶命の時のためにとっておくんだよ、出前はね。それにましろにはもう連絡手段がありませーん。」

いろははわたしのお尻をぽんと叩く。壁に貼られたカレンダーを見ると十二月二十六日。いろはがあれだけ楽しみにしていたクリスマスがもうすぎてしまったことに気づく。わたしの落ち込む様子を見て、ぐずりたくなる気持ちを抑え込んでいたのだろう。かわいそうなことをした。

時計は八時四十二分をさしている。今頃、一番近くて、一番安いスーパーでは蛍の光が流れ出しているにちがいない。

「いろは、走るよ。チキンからリボンが外される前に。」

久しぶりに外に出る。寒いだろう。赤と赤。同じ色のマフラーを首に巻いて、一日遅れのクリスマスを探しに扉を開けた。

その星が地球と呼ばれていた頃
人をあてがわれたわたしたち
数えつづけた月の着替え
愛と呼ばれそこねたいくつかのこと
光と名付けられなかったわずかな発色
送れなかったメールの下書き
うたになりそこねた音符の残骸
あらかじめ約束された

しんしんと降るとはよく言ったもんだ。目に見えんばかりに寒さが降ってくる。手先、指先はもちろん、底冷えして、骨の髄が軋《きし》むようだ。こんな曇った日の十二月の午後は。

右手のトートバッグには龍の刺繍の上下セットアップが三つ折りにたたんで入れられていて、左手には借りた傘がある。これをあの娘のお母さんに返そうと、先ほど神泉駅のホームに降り立った。

駅前の潰れたもつ鍋屋の店内は空っぽで、コップがカウンターに積み上げられ、「CLOSED」と書かれた入り口にかけるプレートが寂しくテーブルの上に転がっているのが、ガラス越しに見える。カウンターの前、均等に並べられた椅子のうちの一つがへこんでいるが、想像するにそこには最後、店長が座っていたのではないだろうか。何を考えていたんだろうか。肩を落とし、丸まった背中が見えるようだった。

店の表には何かの広告の裏紙だろう、セロハンテープで四隅を貼られたそれには、よれた手書きで、来店してしまったお客さんに向けた言葉が書かれていた。

「まことに勝手ではございますが、しばらくの間、休暇をいただきます。長らくのご愛顧ありがとうございました。」

あの知らせを受けてから、正直、なにもやる気が起きない。こんな計画性のない俺でも、やる気は、全て未来がある前提でできていたようだ。こなしてる時こそ面倒臭さでいっぱいだったあれやこれやの予定も、その予定にこそ生かされていたというわけである。

スリープ。

断絶されることが約束された現在、自分の中の努力に携わる部署が完全に稼働中止に入っていた。

無気力。

とはいえ、見たことのない箇所からこの虚無の黒い霧が溢れ出てるわけじゃなく、既視感があった。もともとみんな持っていた、世界のおわりのこのクソな気分というやつ。やはり、映画や小説ってものはなんだかんだでその準備になっていたようだ。

ただ、性欲だけは全然衰えていないのが笑える。バンドの打ち合わせは夕方なのに、あの転がっていた子どもが学校に通ってるであろう午後一を狙って家を出られるだけの下心と想像力を携えて、今この道を歩いているっていうわけだ。世界のおわりでも絶妙にカスを職業にしている。

駅の改札でアイフォンの落とし物を問い合わせた。渋谷が終着駅で、俺が手放したのはたった一駅の間だったというのに、この期に及んでなんでなくなるのだろう？　今から、ケータイショップで長ったらしい説明といりもしないプランを星屑の数ほどつけられるのは、今の俺には耐えられない。面倒臭い。何もかもが、とにもかくにも面倒臭い。

意味もなく、道端の石を蹴る。十二月の、虫一匹すらもいない冬のコンクリートの上を、小石が滑る。誰かの辛気臭いため息が聞こえた気がして振り返ったが、誰もいない。

踏切の前で倒れていたあの子と雨宿りするために駆け込んだアパートは雨の降っていない昼間でも薄暗く、不気味な声を暗闇から発していた。肢《あし》を複雑骨折している傘が引っかけられた柱は、吐血してから数日たった後のような赤錆を纏《まと》っている。ただ荒廃したこの場所にも人は住んでいるようで、通路に面した大きな窓には部屋干しした洗濯物の影と、飲み捨てられた空のペットボトルが床に転がっているのがシルエットで見える。

息を切らしながら一度来ただけの場所なのに、迷わず、あの子とその母親の家の扉の前に着く。あの時は一度抑え込むことに成功したが、再び下半身に膨れ上がったムラムラした気持ちだけでここに来てしまい、俺は考えあぐねていた。何か話すにしても共通の話題など大してないし、これから飲みに行こうと誘うのも、このシチュエーション下では白々しく、経験上、ハードルが言うなれば高い。

呼び鈴に人差し指を置きながらしばし、その姿勢のまま固まる。これじゃあ、自分の家と同じじゃねえかと舌打ちをした時、扉が急に開いたもんだから「おおお。」と咄嗟に声が出た。

「何をしてるんですか？　不審者の方ですか？」

あの日おぶって運んだ少女が扉を開けたところから顔を半分出している。ちゃんと乾いたのだろう、あの日と同じ赤色のセーターを着ていた。

「あ、いや。あの俺、君が雨の中、倒れたのをここまで運んだんだよ。」

「ああ。なるほど。」

その子は顔色一つ変えずにそう言った。

「お母さんはいるかな？」

俺は、大人が子どもに話しかける時の〝いかにも〟な柔らかいトーンで質問する。

「いません。今は用事で外に出ています。いろはは風邪ぎみだから家にいるのだけど、うちにあがって待ちますか？　ただ、あなたと会話が持つかどうかは少し不安があります。」

いろはと名乗るその子はじっと俺の二つの目を見つめて話してくる。その目は全てを透かすような、まだ傷のつく前の透明なビー玉のようだった。前はほとんど意識がなかったからわからなかったが、正直苦手なタイプの子どもだ。目の透明さ自体がこちらの存在を否定しているように感じられてしまう。俺は反射的にその場を離れることを選んだ。この子の指摘通り、話す言葉を多くは持ち合わせていないから。

「ううん。大丈夫。また日をあらためるよ。風邪お大事にね。」

大人が使う、心配してる風の常套句には相槌すら打たずにその子はじっとこちらを見ている。

「はい。」

そう言うと不自然なほどゆっくりと、扉が閉まる。最後、ガチャンと静かな音だけを残した。しんしんと寒さが降る中、扉の前でトートバッグと傘を持ち、立ち尽くす。性欲も萎えきった後の俺は冷えた肉の塊だ。

トボトボと歩き出し、何なら肩も落ちていたかもしれない。そんな感じで引きずるように歩いて四歩か五歩目だったと思う。トントンと背中を叩かれる感触に、振り返るとさっきの子どもが俺を見上げて言う。

「あの花のところ、あなたが忘れても、あの人はそこにいるよ。」

そう言い残すと、その場でくるりと背を向けて、扉の方に吸いこまれるように早足で姿は消えた。

ガチャン。

扉の閉まった後の余韻の中、疑問符は無数に浮かび、血液がドクンドクンと循環するのを感じた。

「あの花のところ、あなたが忘れても、あの人はそこにいるよ。」

届けられた言葉を思い出すように唇は動く。

「そこにいるよ。」

あの花と聞いて思い出す人は一人しかいなかった。時間がたったと言っても三ヶ月程度のことだ。当然、忘れるわけがなかった。じいさん。でもなんで、あの子がそんなことを言えたのだろう。

たしかにここはあの花の場所に相当に近い。俺は考え込んだ頭で歩き出した。

相当に近いどころではなく、例の階段はそのアパートの真裏だった。この向かいの道は何度も通ったことがあった。いつも渋谷からの帰り、つまり逆側から、夜に歩くものだからわからなかっただけで。

階段が見えるところに近づくと、錆びた手すりの下に赤い花はポツンと置かれていた。俺が駅前の花屋で買ってそこに植木鉢ごと置いた小さな一輪の花だ。雰囲気で買っただけだから、花の種類や名前もよく知らないのだが、水をあげなくとも育つのだろうか。

俺は階段を登り、花に近づいて、腰を下ろす。ここで、九月のある日、確かにじいさんと話した。

タバコに火をつけて、大きく肺に入れて吐き出す。二酸化炭素の混じった白い煙は空にゆっくりと浮かんで消えていく。深呼吸するように落としたため息。

「よう、俺たちはどこに向かってるんだ?」

俺は赤い花の方を見て、ため息の隙間でそう声に出して聞いてみた。聞いてみたというより思わず漏れたという方が正しいかもしれない。

「アホらし。」

俺は返せなかった傘を手すりに引っ掛けてその場を後にした。

今日はギターのシゲの発案で、スタジオの横にある公園が集合場所になったと今朝、嫁のＬＩＮＥに届いていた。俺たちのバンドは毎週、決まって水曜日に会って、練習をするか、酒を飲むかというサイクルを繰り返していたが、あの通達を受けてからは、演奏の練習などさらさらする気にもなれずにただ、グダグダと酒を酌み交わし、つきそうになるため息をアルコールとバカ話で押し流していた。

俺が待ち合わせ時間よりも早く公園に着くと、言い出しっぺのシゲが、三つあるブランコの一番右端に座ってタバコをくわえていた。

「おう、早いじゃん。」

俺はブランコの方に向かい手を振りながら言う。

「ああ、予定が切り上がっちゃってさ。」

「俺もなんだよ。」

〝予定が切り上がった〟お互いなんとなく、今の状況をなんとなくだけど察していたと思う。長年やってるバンドっていうのはそういうもので、いわゆるグルーヴというやつと性格は同じだろう。

「バンドやってどれくらいだっけ？」

シゲはタバコをくわえてはいたが、火を持っていなかったようで、ライターをこするジェスチャーで俺に火を求めた。真ん中のブランコに座った俺は、上着のポケットから蛍光グリーンのライターを取り出して下から放り投げた。そのライターは以前、渋谷で対バンしたあの八重歯の突き出たやつがボーカルの、若いバンドのグッズだった。

「もう十年くらい？　どうだっけな。」

「わかんないよな。そんなに毎日、数えてるわけじゃないし。でも鏡の前とかに立つとたまに驚くんだ。こんなに時間たってたっけって。」

ブランコに小さく揺られながらシゲは言った。

「俺もだいたい同じようなことを思ってるよ。若作りしてビジュアル系気取るのも疲れるよな。」

俺は最後、自虐的な笑いを浮かべながら言った。

「やっぱメジャーで出した頃はドキドキしたよな。俺たち、ヤバイ売れちゃうってクソ調子乗ってさ。」

「ああ、世界を手に入れたみたいな気になってた。死ぬほど女を抱いたし、好きなだけドラッグもキメまくった。けどまあ、たいして売れなかったし、そのあと、人気が落ちないようにする努力が恐ろしくストレスだったよな。」

俺は興奮して早口でまくしたて、バンドの顛末のところではわかりやすくトーンダウンして話した。

「ああ、でも、もうその心配もいらなくなるんだぜ。」

そう言うとシゲはブランコを漕ぎ出した。ギリギリと、鎖が擦れる音が大きくなっていく。そういえば、この公園で子どもが遊んでいるところを見たことがない。

俺もブランコに乗って揺られながら、それからはしばらく、打ち上げでのアホな話や、女絡みの最低なエピソード、そんなことを話しながらバカ笑いしていると、シゲが砂に足をついて、思い切ったように「俺、年末のライブしたいんだよな。」そう言った。少し舞った砂埃の中、先ほどとは少しトーンの違う張り詰めた声色だった。

俺たちのバンドは忘年会のように、三十日に毎年、同じ会場でライブをしていた。ただ、今年はそれどころじゃないというムードもあって、飛ばしてしまおうと皆で話していたところだった。実際ライブやイベントのキャンセルは各地で頻発していた。社会的な責任といった常套句は意味をなくし、クールにキメこんでいた様々なプロフェッショナルも次々と暖簾を下ろしていった。それについて言及する正論ぶった声もあるにはあるが、ノイズの中に埋没し、それ以上に、共通の被害者意識のおかげもあって、なあなあに事が許されていた。そんな諦めムードは元来の日本のムードと相まって、青黒く陰気に漂っている。

「でも、客なんて来ないぜ？　こいつらも無理って連絡が来てたし。」

そう言ってライターのロゴをシゲに見せる。今年はその若いメジャー予備軍のバンドをゲストに呼ぶはずだったが、あの「通達」を受けた後、辞退を申し入れてきた。

「別にいいよ。客の数もメンツも関係ないよ。」

シゲは夕陽のせいもあってか、いつになく真剣に高揚した顔で言った。

「俺も賛成だねー。」

時間通りにやってきた、小次郎と佑にもシゲのその力の入った話は聞こえていたようで、笑顔で公園の入り口から近づいてくる。

「終末の伝説のワンマンライブだよなー。」

ベースの小次郎は相変わらず調子がいい。こいつは本当に子どもみたいな顔で笑う。

「バーカ。こんな練習もろくにしていないバンドが、終末だからって伝説のライブできるわけないだろ？」

俺は笑いながら突っ込んだ。少し興奮しているのか声が上ずっていたように思う。

「できるよなー。なあシゲ。」

「ああ。」

シゲはブランコを大きく漕ぎ、その最大の高さの位置から飛んだ。投げ出された体は、夕陽に透かされ綺麗な弧を描き、柵をも飛び越えた。

「おーすげー。」佑が唸る。

「じゃあ、やりますか伝説風のライブ。」シゲが膝についた砂を払いながら言う。

「風ね。」

「早速、練習しますか？」

「楽器持ってきてないからスタジオでレンタルしなきゃだなー。」

「いや、今日は女との予定が。」

そう言ってふざけた俺のケツをシゲが蹴って、大笑いした。シゲが飛んだ後、揺れているブランコが止まるのも待たずに公園を後にする。公園を出たところで振り返って見ると、乗っていた二つは止まっていたが、三つ目のブランコだけが揺れていた。風はなかった。

その日、俺たちは久しぶりにスタジオ練習を行った。本当に久しぶりで演奏はボロボロだったけど、まるでバンドを始めた時の最初の気持ちに帰ったみたいで少しだけ胸が高鳴った。

練習後、家路につく。錆のないミントグリーン一色のドアの前、ドアノブに手をかけると、つかの間の静止もなく、今日はただいまと声にし、そのまま泥のように眠った。

その星が地球と呼ばれていた頃
人をあてがわれたわたしたち
数えつづけた月の着替え
愛と呼ばれそこねたいくつかのこと
光と名付けられなかったわずかな発色
送れなかったメールの下書き
うたになりそこねた音符の残骸
あらかじめ約束された
いつか思い出にかわる日々に

「実際、結婚ってずっと逃げ場で用意はされているけど、タイミングいつだよって思ってたんだけどね。でもシングルで最後とかイヤだし今じゃね？　みたいな。」

顔は見えないが背中の奥で女の子同士の会話が聞こえてくる。皆に聞こえるくらい大きな声なのは酔っているせいだろう。

「でも、竜二と友達以上は無理とか言ってなかった？」

「まあ、別に運命の相手とか思わないけど、今とか、ほら？　話、別っしょ？　レナもユウも超かわいいし、絶対相手いるって。探してみ。」

「いや、当てがないよ。」

「それに、急に結婚って今からだと焦ってるみたいでいやらしくなったりしない？」

「今多いらしいよ。向こうも望んでるーみたいな人ばっかだって。こうなった以上、自然な流れなんじゃね？　あ、この駅だ。ワタシ降りるね。こういう時、なんて言うんだろ？まあいっか。良いお年を～。」

押しのけるようにワタシの前を通過して扉から出て行くその声の人は、爪の先までキラキラのピンクのネイルがほどこされ仰々しく、鼻先は厚塗りの化粧のせいで脂っぽくて、すぐ目の前を通過した時、思わずのけぞった。

「ありえない。」

「好きでもない男といたくねーっつうの。」

ひがみに妬み、残された二人からすぐさま愚痴がはじまり、ワタシは思わず、胸が苦しくなって両の指で耳を塞いだ。

ガムを噛む音、眠気を飛ばすため胃にドバドバ流し込んだコーヒーとタバコの混ざったサラリーマンの口臭。吐かれた誰かの青黒いため息は行き場をなくし、車内に浮遊して壁にぶつかり続けている。

ここは、ちょっとした地獄なんだと思う。ただ移動の利便性だけで使っているけれど、知らない人とこんな風に体が密着しているのなんて異常なことで、故意に体を触られたり、時にあてられ、押し付けられたりするチャックの下で盛り上がった肉の立体感は吐き気がするほど不愉快で気持ちが悪い。帰宅ラッシュ時の、揃いも揃って皆が疲れている車内は負の臭いがうんと充満していて、そこで息を吸うだけで悲しくなるからできるだけ息を止める。

選択ができなかった人。帰宅ラッシュのこの時間に電車に乗っている人たちの多くは、そうではないだろうか。「通達」のあった後の今のような極端な状況になってもなお、与えられた仕事を放棄することもできず、もうそれが何も生み出さなかったとしても、誰かに迷惑をかけてしまうからという曖昧な理由で、身勝手ではいられない。さっき扉から出ていった女の人は、まだ健全なのだと思う。少なくとも彼女なりに選んでいるのだから。

ワタシの場合、別にプロフェッショナルなこだわりでもなんでもなく、ただ流され、決まったルーティンに守られているだけ。そしてこうやって帰宅ラッシュの中、息をするのにも気を使いながら帰路を急ぐ。皆、誰とも目を合わさないように瞳を閉じて、誰の声も入らないようにイヤホンの音楽で遮断して、タイムリミットを待っているだけ。どこに向かうでもなく、ただ物のように目的地へ運ばれる。

ワタシはあの日、あのひとの揺れる肩越しに見上げた天井の染みのことを思い出す。あのつまらない記憶は何の映画から来たものだったのか。そんなどうでもいいことを思い出そうとしている。

流されているだけなのは今までもずっとそうだった。高校時代、初めて彼氏ができた時も、好きと告白されて、そのまま押しに押されて二年、付き合った。最後まで、その人に好きと言えなくて、そのことが結局、彼を傷つけてしまった。最低。

震災が起きて、原子力発電所が爆発しても、周りの友達のように、「はい」とも「いいえ」とも主張できずに、ただ、黙ることしかなく、いつもそうやって自分が主人公でいることを避けてきたように思う。通達の後、海外に出たことがないから旅行してみよう、そんな風に思い立って、雑誌やネットで調べたりはしてみたけれど、結局、何も決められないまま毎朝同じ時間に起きてしまう。思い切って目覚ましをかけなかった日の朝はどこか不安で、むしろ、いつもより三十分早く目が覚めてしまったからそれ以来やめた。そんな時間に起きたら結局、仕事に行ってしまう。通ってくる生徒も同じ。親が安くない月謝を払っているから行かなくちゃいけないと決め込んでいる人ばかりで、そんな人たちに何を教えればいいのか、未来だってないのに、さっぱりわからない。

でも、それも明日でおしまい。この星で行う、最後の授業。

ワタシは電車を降りて、肩にかけたカバンから電話を取り出す。ホームボタンを親指で押すとディスプレイはどこか外国の海の壁紙を映すが、ノイズのように時折、暗転する。

「おぉおかけになっだ電話をお呼びじましだがお出になりません。ぴーどいう発信音の後にお名前どご用件をお話しくだざい。ぴー。」

「ゆうきです。ねえ、お父さん、生きるのって大変だ。もっとうまくやれたらよかったんだけどさ。どうしたらいいかなあ。お父さ」

ぷつりと電話が切れたが最後、もうそのディスプレイの灯がつくことは二度となかった。黒い画面に映る青い顔のワタシはその場で頭を垂れ、立ち尽くした。道路の端には、冬咲きの花がわずかに黄色く発色している。汚れた排気ガスを吸って育った花は誰に観賞されるでもなく、決して綺麗とは呼べない姿で咲いていた。不審そうな目で横を通り過ぎていくサラリーマン、どこかで犬が喉を絞るように鳴いている。ワタシは耳を指で塞いだまま、目をぎゅっと閉じた。さっきよりも大きく、自分の心臓の音が聞こえた。

その星が地球と呼ばれていた頃
人をあてがわれたわたしたち
数えつづけた月の着替え
愛と呼ばれそこねたいくつかのこと
光と名付けられなかったわずかな発色
送れなかったメールの下書き
うたになりそこねた音符の残骸
あらかじめ約束された
いつか思い出にかわる日々に
曖昧だが、確かにあった

パーティションで区切られた小部屋の中に時計の針が進む音が響く。椅子に座って、生徒の到着を待っているが、すでに三十分の遅刻？　ううん、薄々わかってる。もう来ないだろうとは思ってるんだ、実際。

「通達」があってから徐々に生徒は減っていき、十二月二十九日、下北沢にあるこの塾の年内の最終営業日の今日は、誰一人として来ていない。正しい。そう思う自分もいる。

この期に及んで、勉強してもとは思うが、もし生徒が途中で来たら、そんなことを思うと席を立てないでいる。

ワタシ自身が複数で教わるのが苦手だったからという理由でマンツーマンのやり方をとるこの個人塾に三年前に就職した。本当は英語を活かして、色んなところに行ってみたかった。ここではないどこかに連れ出してくれるんじゃないかと、そう思って始めた英語の勉強だったはずだが、でも、いつだって体を連れ出すのは自分自身でしかなく、その下準備だけを整えたまま、使わずじまいでこの場所にとどまった。ワタシはいつだってワタシをやめられない。

時計を見ると、何もしていないのに、しっかりと時間はたち、授業の最終ブロックが始まりかけている。最終日は誰一人教えるでもなく終わるのかな。そんなことを思い始めていた矢先、内線の電話が鳴った。

「木下《きのした》さん、あのね、今から新規いけるかな？　あなた以外もう誰も塾にいないのよ。」

「ええ、大丈夫ですよ。」

「ありがとう、じゃあ、案内しちゃうね。」

こんな日に新規？　不思議。そんなこともあるんだ。そんな風に思っていると、扉が開き、赤いセーターを着た小さな女の子が立っていた。

「いろはです。よろしくお願いします。」

「ゆうきです。こちらにどうぞ。」

いろはと名乗る子は、まん丸の顔に、おかっぱで前髪のそろった不思議ないでたちをしていて、なによりうんと小さかった。

「いろはちゃんは何歳かな？」

「いろはは小学四年生で十歳。ゆうきは何歳？」

「えっと、ワタシは二十五歳。」

「じゃあ、大人だ。」

ワタシは自分の年齢を聞かれると思っていなかったのと、大人と呼ばれたことに驚いた。

大人はそんなに大人じゃないよ、と、今のワタシは小さい頃のワタシに教えてあげたい。

「ゆうき、いろはね、英語が話してみたいの。色んな国に行ってみたいんだ。だからその準備をしようと思って。」

〝色んな国に行く準備？〟

もうこの星の期限は近づいているのに？　でも、こんな小さな子にその真実を突きつけるのは酷だった。

「そうね。勉強してみましょう。」

ワタシはお腹にグッと力を入れて、声を持ち上げて、彼女と英会話をはじめた。

まずは基本英語から、初心者クラスのセオリー通りに一つずつ、丁寧に。ワタシにできることはそれだけ。特別、オリジナルな教え方はできないけど、そうやって一つずつ声に出していく。彼女は目をまん丸にして、ノートを取りながら真剣に話を聞き、発音練習では今までこの場所で聞いたこともないくらい大きな声で発音した。彼女は、ノートにメモを取る。その字は規格外に大きく、見開きに五、六字。まるで英単語暗記用の小さなメモ帳を使うみたいにA４のノートに次々と書き込んでいく。彼女との英会話の授業は楽しく、あっという間に規定の時間はやってきた。

「ゆうきは外国行ったことあるの？　どんなだった？」

いろははは鉛筆を机に転がして言った。

「ううん、実は行ったことないの。教えてあげられなくてごめんね。」

「そっか。そんなに話せるのにもったいないね。外国人とはいっぱい話した？」

「うーーん。大学の授業なんかでは先生と話したけど外ではあんまりかなあ。」

「ダメ！」

いろははノートをたたんで言った。

「ゆうき、今から街に出ようよ。ね。渋谷に行けばいっぱいいるんだからさ。いろはに付き合ってよ。」

チラリといろはの斜め上にある壁掛け時計を見る。今日の最終授業の終了時刻を五分、すでに過ぎている。もう、このあとやらなければいけないことなどなかった。いや、それ以前にワタシにはもう、予定がなかった。

「うん。いいよ。少し支度に時間がいるから、これ飲んでここで待っていられるかな？」

ワタシは、バックヤードから常温の紙パックのアップルジュースを持ってきて、彼女に手渡した。

「やった。待つね。」

彼女は雨粒にヘッドライトが当たった時のように目をらんらんと輝かせた。

事務所で片付けをしながら不意に窓から外を見ると、サイレンを鳴らしたパトカーが遠くに走り去っていく。


下品なつり革広告は、昔より随分と減った。隣で手すりにつかまるいろはとワタシは京王線の各駅停車で渋谷に向かっている。誰かと一緒に乗る電車は印象が全然変わるんだな。横でさっき教えたばかりの英単語をいろはがぶつぶつと唱えている。

目の前のお兄さんは肩掛けのカバンから、片耳だけイヤホンがはみ出ている。その横のフィリピン風のおばさんは、押し込んであげたくなるほどにGUCCIのカバンから高級そうな財布が頭半分以上出ていて、落ちてしまいそう。でも赤の他人が声をかけるのも、何も言わずに押し込んであげるのも怪しく、はばかられると思っていた矢先に、いろはその腕をとんと叩き、「えくすきゅーずみー。財布が落ちそうですよ。」と声をかける。

メイクの派手なその婦人はありがとうとお礼を言って、チュッパチャプスほどの大きさの、でもチュッパチャプスよりも何倍も高価そうな外国の飴をいろはに手渡した。書かれた文字を見るとフィリピンのものでもなさそうだ。

「さんきゅー。」

いろはは笑いながら、軽快に答える。こんな感じでいいんだ。ワタシは勉強させてもらった気分になって、いろはの顔を見ると、彼女はにーーと歯をこちらに見せて笑った。

渋谷に着き、階段を下りると、まだクリスマスのイルミネーションは終わっていなかった。駅前のハチ公広場の前の木々には赤い電飾が巻かれ、今年のテーマなのだろう、有名な猫のキャラクターをデザインしたイルミネーションが枝に配置されていた。

「キレーーー。」

見上げるいろはは目を丸くして言った。

そのイルミネーションの下で、自撮り棒にインカムで動画配信をしている女の子。記念撮影をする旅行者風の老夫婦に、誰かと待ち合わせをしている複数の人。中には、ハチ公にドッグフードをあげて、頭を撫でている危なそうなおじさんまでいる。電線の上にはカラス。そのもっと上では爪の先のような三日月がくっきりと空に浮かぶ。

あのカラスには、月には、ワタシたちはどんな風に映っているのかな。

「外国人いないねー。」

いろはは、スクランブル交差点で左右に頭を振り、キョロキョロと見渡す。彼女の言う通り、確かに見当たらない。いつもなら、この場所での撮影を目当てに外国人観光客が集まるところだが、二十九日、さすがに自分のホームタウンでゆっくりしているのかな。仮に旅行に出てもこんなゴミゴミしたところは選ばない。少なくとも自分ならそうだろうと想像できる。

スクランブル交差点の四隅には、キリスト教の看板が掲げられ、その下に設置された小型のスピーカーから演説の録音が流れている。プラカードを持ち勧誘する人たちの中には、いろはより年が少し上くらいの小さな子どもも交じっていて、いくらか複雑な気持ちになる。事実、街での有名無名の新興宗教の勧誘は以前よりずっと増えた。必要とする人が多くいるのだろう。今こそ何かにすがりたくなる気持ちはわからなくはないな。インターネットは特に見てはいないけれど、街で聞こえてくる会話や目にする広告から、宗教という形をとっていないだけの新たな信仰が広まり、簡易的で得体の知れない様々な顔をした神様がどんどんと生まれているのがわかる。

幸せのモデルを程よく提供してくれる存在に人は群がり、用意された救いの言葉にすがって、この世界のおわりをなんとか乗り切ろうと、自分にあったサンプルを探すことに必死になっているのだと思う。

過剰になっていく自己啓発の洪水にワタシはついていけない。

割られたショップのガラス、大きく描かれた落書き。取り締まるべき警官は職務を放棄したのか、ストリートは大きなキャンバスとなり、詩は壁から壁をまたぎ、自由に思想が描かれていた。回収されず放置され、散乱したゴミ袋を猫がつついている。足元には捨てられた免許証。並んでいる自動販売機のいくつかは電源が切れ、倒れている原付の横を何もないかのように素通りし、目的地にただ急ぐ人々。行き場をなくした倫理や希望が宙ぶらりんのまま、渋谷の交差点でゴム鞠のように跳ねている。風紀は恥ずかしいほどに乱れ、平衡感覚を失った人の破綻していく様子が街の表情として現れ始めていた。

いろはの手をしっかりと握り交差点を渡る。子どもができるのってどんな気分だろうな。終末の宗教演説の青黒い放送が降る中を、鈴のように跳ね進んでいく彼女の揺れる肩を見て、ワタシには無縁だった母親の気持ちをぼんやりと想い、外国人探しを続ける。街にかぶさる鈍色のため息をかきわけながら、あの晩ホテルで、愛とは呼ばれず、ただお腹の上で冷えていった精子のことを思い出す。

寒いねなんて言いながら、ワタシは缶コーヒーを、いろはにはコーンポタージュを自販機で買って、白い息を吐きながら、年末に差しかかった渋谷の街を歩く。メインストリートから一本路地に入ると、夜のお店のキャッチが何人もいる。地面にはポイ捨てされたタバコや吐き捨てられたガムが無数にあり、まだ会って間もないこんな小さな子と歩くのは間違いだったかもと、できるだけ早足で通り過ぎる。いろははキャッチのお兄さんやおじさんと目が合う度に「こんばんは。」と挨拶をする。強面《こわもて》に見えたキャッチの人たち全員が全員、ちゃんと挨拶を返してくれたことに少し驚く。

通りを抜けると小さなクラブらしき建物の横に駐車場が現れる。壁は落書きだらけで、いかにも治安が悪く、いろはの手を引きそこから離れようと早足になるが、途中でいろはがその手に力を入れる。「いたっ!」引っ張り返すとそう言った。

駐車場のブロックに座ってぼんやりと空を見ている外国人がいる。地面の低いところを這っていた酸っぱい臭いが風で膨らんで鼻先へ運ばれる。ドレッドヘアーにピアスだらけで顔は浅黒く、汚い布をまとっただけの怪しいその様子、危ない薬でもやってるんじゃないかとさえうかがえる。

「やめとこう。」

ワタシはそう提案した。

「えーなんで？　外国がおだよー。」

「いや、そういうことじゃなくて。」

ワタシは手を引くいろはを抑えることができず、彼女はその外国人にどんどんと近づいていく。近距離で見るその人は缶ビール片手に空を仰ぎ、何語か不明の言語でぶつぶつとつぶやいていた。あの「通達」を受けた後の一週間で、街で見るヘンテコな人間は確実に増えている。彼もその一人なのでは？　ワタシの心の中は不安しかない。

「えくすきゅーずみー。うぇあ、あーゆーふろむ？」

いろはははさっきわたしに習った英語を使って外国人に話しかける。見るとドレッドは背中まで伸びていて、その黒い塊は何かの生き物のよう。ところどころにゴミが挟まっていて、どんな風に洗っているのだろうと単純な疑問が浮かぶ。

「Jakarta.」

その外国のひとは「ジャカルタ。」そう答えた。

「じゃかるた〜〜？」

いろはは目を細め、はてなマークを最大限に浮かべた表情で困った顔になった。

「ジャカルタはインドネシアよ。アジア系みたいね。」

ワタシはその困った顔が可愛くて思わず笑いそうになる。

「わっとあーゆーでゅーいんぐー？　なう？」

いろはは臆することなく続けて、言葉を投げる。

「Now, I am counting stars in the night sky.」

「Counting stars ?」

「Yes.」

ワタシは予想外の答えに驚き、自然と言葉が口をついて出る。

「なになに？」

いろはは袖を引っ張りながらねだるように、その答えを聞きたがった。

「あのね、この人は今、夜空の星を数えてるんだって。」

へー。いろはは目をまん丸にしてそう言う。

「で、いくつあったのか聞いてみて！　ね！」

いろははワタシの目を見て言う。

「How many stars are you able to see ?」

ワタシは聞く。

「About 100 million !」

「100 million !?」

「Yes !」

「なんてなんて?」

袖をもっと強く引きながら会話中にいろははは尋ねる。

「一億だって。」

やっぱりこの人おかしいかもしれない。肉眼で一億。いや、おかしいに決まってる。

「一億かー。」

いろはは真っ直ぐにそう言うと、そのひとの横でブロックを枕にし、仰向けになって空を見上げた。

「Indonesians have good eyesight. Because we are just looking at the sky.」

「We are ?」

ワタシは聞き返す。

「Yes. My faraway friends are watching the same sky, same star, now.」

「なるほどね〜。」

いろははそう言いながら歯を見せて笑った。

「わかったの？」

「わっからないよ。わからないけど、でもわかるんだー。」

いろはは、人差し指で一つずつ星を数えてる。

「ううん……七つかな。」

ワタシも駐車場のブロックに頭を置き、同じ格好で仰向けになって空を見てみた。

「I can not see any star.」

目の悪いワタシには一つも見えず、そう呟いた。

「No! You are wrong. The earth is also a star. So you can see at least one.」

ドレッドのひとは笑いながらワタシにそう言った。

「なんて？　なんて？」

いろははは鈴のように体を振りながら聞く。

「地球も星だからいろはにには星が八つ見えてるんだって。」

「ううん。地球も入れて七つなの。一億すげー。」

いろはは笑いながら、勢いよく起き上がり、お尻についた砂を払いながら大きな声になって言った。

「いろは、最初に行く外国、決めた。じゃかるたにするね。たくさん星を浴びるんだ。見たことのない景色を全部見て、胸ポケットをキレイな石で満パンにするの。日本よりもたくさん星が見えるところでだったら一つくらい盗んでもバレないよね。アハハハ。」

いろはは笑いながら、渋谷の夜空の下でくるくると踊った。短い髪が回転し、キレイな弧を描く。こんな言い方、随分と雑すぎるかもしれない。だけど、跳ねる彼女は天使みたいだと思った。そのドレッドのひとも、日本語で何を言ってるかなんてさっぱりわからないはずなのに大きな声で笑った。ワタシもつられて十二月の澄んだ月夜の下で、久しぶりに笑った。そんな気がした。


別れ際にふと、思う。この人もこの世界の約束に気づいているのかしら。手を振り笑っているドレッドのひとに手を振り返しながら、いろはと二人夜道を歩く。時間も遅くなってきたから、いろはの案内で彼女の家の前まで歩く。ネオンの街を抜け、金網だらけの公園を横切ると、あそこが家だといろはが指差す。目の前には階段があり、そこを降りて曲がったところが彼女のアパートのようだ。

「ゆうき、たくさんありがとう。たのしかった。すっごく。」

「わたしこそありがとう。最後の生徒がいろはでよかったよ。ありがとね。」

「これ、あげるね。」

そう言うとポケットから外国の飴を手渡した。

「え？　いいの？」

「うん、いろはね、一つだけ、もう星を持ってるんだ。」

そう言ってポケットから青いガラスを取り出して見せてくれた。それは何の変哲もない擦り傷だらけの角が丸くなった楕円のガラスだった。

「海で拾った石。いろはね、これをキレイだって思える間は大丈夫なの。いろはのお父さんは、誰かわからないんだけど、でもね、一人だけ、この人だったらいいのになあって人がいるんだ。その人といた期間は短くて、どこからやって来て、何をしている人なのか、そういうこともよく知らないの。『いろは、よく見てみな。この世界は、実は贈り物で溢れてる。その一つ一つを何て呼ぶかなんだ。』そう言って、この青いガラスの破片をくれたんだ。」


「へー。そっか。うん、じゃあ、飴もらうね。」

「いろはね、こういう時に言うべき英語を知ってるんだ。」

「えー、なんだろう。教えたっけ？」

いろははニコリと笑った顔になった。

「I LOVE YOU.」

そう言うと、階段を駆け下りていった。階段途中に置かれた植木鉢の赤い花びらをピンとやさしく弾くようにして、そのまま振り返らず駆け下りる。最後、一番下まで着いたところで振り返り、「あなたはあなたの宝石と、ゆうきを生きてね。またね。」そう短い言葉を残し、手を振って、角を曲がり消えてしまった。

「ゆうきを生きてね。」

ワタシを生きるってなんだろう。

手に授かった、飴の包み紙を剥がして、深い青色のかたまりを口に入れる。それは、行ったことのない、遠い異国の砂糖の味がした。海の向こうの世界に飛び出すことはできなかったけど、こんなワタシが旅できる、唯一好きで、自分で選んだこと。思い当たるのは一つしかなかった。

アイフォンで情報を追わなくても、あのひとたちのライブが明日あるってことはわかっていた。何年も前から同じ日、十二月三十日。そんな程度のことと人は笑うかもしれないけど、それでも唯一ワタシが選んできたことなんだ。

ワタシは冷えきった手をおわんの形にして、息を吹きかけ歩き出し、家路に向かう。壊れていく街でも月は何も言わず、やさしい色を浮かべて、あの八月の夜と同じように、ずっとついてきた。

家に着くと、届け物の書類がポストにいくつか入っていた。海外旅行のパンフレットや宗教の勧誘のチラシ。ストーブに火をつけ、しんと静まった部屋の中で一枚ずつ確認すると、親戚に宛てた封筒が住所不備で戻ってきていた。見覚えのない手紙の封を静かに開ける。

「亡父　木下茂夫　三回忌のお知らせ。本来ならば直接出向いてご案内、お伝えしなければばならないところを書面でのご挨拶になっ……」

何を言っているのだろう？　何のこと？　封筒を裏返し確認すると送り主の住所はこのアパートになっていて、差出人の名前に木下ゆうきとある。

全く不可解で不愉快な手紙だ。ワタシはすぐに書類をビリビリに破いて、ゴミ箱の一番奥に手を入れて突っ込み、台所で水道の水をコップにつぎ、ぐっと一杯飲んだ。心臓がねじれ、膿んだような青紫の液体が垂れている。大きく深呼吸して、海外旅行のチラシを手に取った。字が蠢《うごめ》く蟻のようにねじれ何も頭に入ってこなかった。

その星が地球と呼ばれていた頃
人をあてがわれたわたしたち
数えつづけた月の着替え
愛と呼ばれそこねたいくつかのこと
光と名付けられなかったわずかな発色
送れなかったメールの下書き
うたになりそこねた音符の残骸
あらかじめ約束された
いつか思い出にかわる日々に
曖昧だが、確かにあった
美しい時間のための

赤い花のことが目を閉じても開けても、気になっていて、ライブの前に駅前の花屋に行ってみることにした。なのに不思議なことに、どこにも花屋が見つからない。コンビニで周辺地図を見せてもらっても、行ったはずの住所は随分前から空き地で、そんな花屋ははなからないという。

俺は千円札を手渡したのも、お釣りをもらったのだってちゃんと覚えてる。

階段に着くと、やはり赤い花は植木鉢に入ったまま、たまに風で葉を揺らしながら、ただの花ですといった風情で、静謐にそこにあった。

俺は硬水を自販機で買って、水をあげた。

「じいさん、色々ありがとな。今日、あれなんだよ。俺ライブなんだよな。かましてくるから、あのう、なんていうか、見といてくださいよ。」

答えない。ただの花だから。

「そりゃそうか。アホらし。」

寒空の下、ポケットに手を入れ、会場を目指して歩きはじめる。

その道中で、犬のように四つん這いになりながら、ビルの脇に生えた花を、イイコイイコと頭を撫でるように愛でているボロボロのスーツの男を見た。知り合いに似ているような気もしたが怖くて確かめられなかった。この世の果てをいよいよ感じる。

リハーサルの三十分前に設定されているライブハウスの入り時間、それよりもさらに三十分ほど早く、会場の防音扉を押して中に入ると、暖房の利きすぎた室内にはすでにメンバーが全員、揃っていた。

「あれ、光太がリハ一時間前に到着って奇跡じゃない？」

小次郎はまだモヒカンがはんなりと情けなく寝ている。

「緊張してるんすか？　すか？」

シゲはやたらと血色がいいし、調子もいいみたいだ。

「別に。」

そんな短い言葉が裏返りそうになったので、俺は先ほどの硬水を一口流し込んだ。喉は砂状かと思えるほどにささくれて渇いていて、さすがに開口一番のこれは、動揺の丸出しみたいに思われそうで、恥ずかしい。

「あいつら、やっぱ来ないみたいっす。ワンマンライブですね。」

佑がドラムバッグのチャックを開け、スネアを出しながら俺に向かってそう言った。

「あ、そう。まあ期待してなかったよ。」

「ですよね。」

「てか今日、最後だし、光太さんの嫁さんとか赤ちゃん来ないんですか?」

「いや、一応誘ったんだけどいいってさ。」

「うわー。冷めてる。」

「最後だろうが修正不能なくらいに破綻してるのさ。ちょっと、楽屋行っとくな。」

映画のエンディングのように綺麗にはいかないことだらけだ。変われない変わらない自分の情けなさをだらしなく引きずり、フロアで弦を張り替えたり、ドラムのチューニングなどを始めたりするメンバーの前を横切って、俺は外にある立体駐車場三階の楽屋に一人で向かった。

今日はいい天気みたいだ。室内のライブハウスに天候なんて関係ないと思うかもしれないが、演奏する側の気持ちが圧倒的に違う。今日はまさにライブ日和でしかなかった。

エレベーターがいつまでたっても来ないので、螺旋状になった階段を一段ずつ登る。靴底は鉄の音を底に落としながら、体を一つずつ上の階へ運んでいく。

楽屋の扉を開けると木の腐った臭い。木造の楽屋は年季で腐食して、カビの臭いとこぼれた酒の匂いが混じった独特の匂いを醸し出していた。畳の上に荷物を置き、ぺらぺらの座布団を出して、その上に座り、タバコに火をつける。ここには汗をかきちらかした数多《あまた》のバンドマンがライブ後、息も整わぬ間になだれ込む。終演後の打ち上げをここで行うこともある。バンドの打ち上げといえば最底辺以外のなんでもない。それはもう嗅いだこともない不思議な匂いにもなるだろう。

タバコを吸いながら部屋の隅々にびっしりと書かれたバンド名のタグを見る。ペンやスプレーで書かれたそれは、ほとんどが殴り書きされていて、稚拙さからほとばしる勢いが筆先から滲むようだった。中には公衆便所さながら、下品で卑猥な言葉が並べられたり、ひがみや妬みだろうか、名指しでバンド名をあげ、悪口が書かれているものなんかもある。

この壁に書かれているバンドは有名なもの、無名なもの、それらが入り乱れてはいるが、どれだけのバンドが今も残っているだろう? だいたいは消えてしまったに違いない。ほとんどはうまく軌道に乗れず、ライブハウスにノルマを払いながらメンバーの誰かのやる気が削がれて壊れ、仮に一度、うまくいってもそれをキープするのはさらに大変で、才能とはまた別ベクトルの難しい挑戦が始まる。メンバーの就職、結婚、出産。それらは誰も文句の言えない公式的な理由で、脱退を促進する。一度壁をよじ登るとその先にまた壁が現れる。実際に俺たちがそうだった。

ここはクソの掃き溜め、夢の墓場なんだ。

気づくと、中指と人差し指で挟んだタバコの先は長い灰の列をつくっていて、それを畳に落とさぬよう、灰皿の上に落とし、俺はタバコの煙を肺からゆっくりと吐き出す。煙はもくもくと白い雲になって天井にあたり、ゆっくりと溶けていった。


しばらく天井を眺めていると、ドアをノックする音がして、小次郎が「リハそろそろだよ。」そう呼びにきた。バンドをはじめたあの頃と同じモヒカンではあるけど、それよりはだいぶ毛量も減ったなあ。薄く曇った窓ガラスは揺れ、北風はぴゅうぴゅうと隙間から部屋に押し入り、泣いている。

「何、感傷にふけってるんだよ。」と小次郎は笑った。

今の感傷は小次郎が想像してるであろうジャンルとはやや違った種類のものだが、わざわざ訂正する必要もないので、その場で俺は立ち上がった。人差し指に畳のささくれが刺さって薄く血が浮いている。

「客すくねー。」シゲは無理やり笑った顔をつくってみせた。

あと十分で開演するフロアを見下ろし、シゲは苦笑いを浮かべた。のぞいてみると七十人か八十人くらいだろうか、いつもよりも隙間が目立つフロアになっていた。この会場のキャパシティーは立ち見で三百人だから、この人数は正直言って寂しい。

「お前が客の数なんか関係ないって言ったんじゃねえのかよ？」

佑は持っているスティックで肩を小突く。

「いや、そうだけどさー。ラストギグだぜ？」

シゲは目の端が泣きそうになっている。きっと気負いすぎてよくわからないテンションなのだろう。

「ラスト疲れしてるのさ。なんでもかんでもラストだからな、このくらいの時期になると、実際。もう効力もないぜ。」

俺はシゲの肩に手を置いた。

「でも、世界のおわりの前のこんな日に、ここを選んでくれたのすごくない？　色々あったはずだぜ。」

「お前キリストかよ。慈愛の教科書に書いてあるようなこと言うなよ。」

「いや、実際そうっしょ。そういう人が一人いてくれるだけで……」

小次郎と佑が言い合いをしている。いつもの風景。飽き飽きするほどに見た、ずっと続くような気がしていた風景。なんでこんなにセンチメンタルになっているのだろうか？

「とりあえずセットリスト確認しとくか。」

二人の間に入って曲名の書いてある紙を広げる。特に変わったことはしない鉄板のセットリスト。鉄板というか、これしかできない。これしかできないをただ、やりにきた。

会場のＢＧＭの音量が上がり、フロアの客電が落とされる。会場から女の声で小さな歓声が上がり、一瞬静かになると、お決まりのＳＥが流れ始める。ＸＪＡＰＡＮの「紅」。このイントロを聞くといつだって鳥肌が立つし、バンドを始めた時の気持ちを思い出すんだ。

俺たちは肩を寄せ、円陣を組んで声をかける。

「よう、いつも通りいくぞ。」

「その台詞がいつも通りじゃねえんだよ。」

佑が笑った。

その佑の声も上ずってる。みんな緊張してるのがその表情や節々から前のめりに伝わってくる。そりゃあそうだろう。なんて言ったたって、最後のワンマンライブなんだ。

「いくぞ。」

ラストギグに向けて、俺たちは階段を降りる。

渋谷の街を滑るように、進む。真っ白、目の前の道以外何も目には入らない。ワタシのこういう時の集中力はすごいものがある。矢のように直線に進む。目指しているライブハウス。お気に入りの赤い革の靴を履いて、目一杯おしゃれしてきた。

ここに来るのはいつぶりだろう。アイフォンは水没してしまって地図なんかわからないけど、場所は体がちゃんと覚えてる。右足、左足を順番に出すマシーンのように入り口へ向かう。

受付の前、当日券の列に並ぶと三、四人で自分の番がやってきた。お金を払い、パンフレットやチラシの束と合わせてドリンク券をもらう。けれど、これがちょっと困ってしまうんだな。ワタシはお酒を飲まないからこのドリンク券が使えずに、どんどんとたまっていってしまう。かといって買ったものだから、捨てるのもはばかられる。ソフトドリンクも特別飲みたいものはないし、アルコールを欲してる人にあげたいくらいだけど、誰かに話しかけられる性格でもないから、やはりコートのポケットの中がその行き先になる。

会場のお客さんはまばらだけど、見たことある人も多くいた。何度もライブに通っていれば、話をすることがなくても、客同士でそんな風に顔がわかってきたりする。きっとワタシのことだってそういう風にわかられているだろう。だからといって、打ち解け、仲良くなるわけじゃない。皆、それぞれがそれぞれの時間の中であのひとたちに会い、暗闇の中、ただ、あのひとたちが出てくるのを一人きりで待つ。

そんな独特の空気が久しぶりでドキドキする。ライブ通はスタート時間ギリギリに来るのではなく、オープンと同時に来て、待つ。別にすることもないのだけれど、ホットミルクだってレンジとかじゃなくて、ストーブの上でしばらく温めてから飲んだ方が美味しい。あー、変なたとえ。ワタシ、今、高揚してるんだと思う。

本人たちはきっと気にするかもしれないけど、お客さんの入り具合なんかは気にならない。むしろ今日くらい少ない方が贅沢だ。そんな流暢に話せないし、話す機会もないだろうけど。ああ、だめ。妄想がうるさい。しずかにして。とにかく今、内側からドキドキしてる。

ついに、客電が落とされる。不意に始まる暗闇、「わあああ。」思わず声が出る。いつもの入場曲。ＸＪＡＰＡＮのこと未だに好きになれないけど、「紅」だけは好きになった。今ではワタシにとっても戦闘曲だ。あのひとたちがステージに上がる。ワタシの内側で体温が上がっていく。いっぱいになった胸から、吐き出すように大きな声を出して、拳をあげた。


ライブはボロボロだった。気合が入っていれば、入っているほどいいライブになるという方程式はなく、リズム隊は力みすぎてバラバラ、声は裏返り、ギターの弦は切れ、ずいぶんと伝説からは遠い、お粗末な演奏になってしまった。

「やっちまったー。」

佑は折れたスティックをさらに真っ二つに折りながら言った。折れた箇所がささくれ、剣山のように尖っている。

「力みすぎなんだよバカ。ゴリラじゃねえんだから。」

舞台袖、息が整わないまま俺は佑の仕草をたとえてそう言った。

「光太だって涙目で声、裏返ってたじゃん。あれなんて、酔ってカラオケで悦に入ってる時みたいで超ダサかったよ。」

「うるせえよ。」

「だいたい一曲目で弦三本切れるってどういうこと？　どういうストローク？」

佑は弦の切れたギターを指差して言った。黒いレスポールのギターはまだ生々しく、汗をかき光沢していた。

「まあ、ハートがそうさせたよね。」

シゲは頷きながらそう答えた。

「うるさっ。緊張も解けないままステージあがんなよな。」

「お前もな。」

「まあまあ。」

小次郎が仲裁に入る。

「お前だって、ベースでEのルート弾いてる時、開放弦だからって片手で髪型直してんじゃねえよ。お前のモヒカン、マジでそこ、どうでもいいから。」

「いやいや、あれキメんのがビジュアル系だから。」

「うるせえよハゲ予備軍。」

「あ、おめーそれ言う？」

佑と小次郎がやりあう。控え室から上の楽屋に汗をかいたまま移動した俺たちは、すでに缶ビールを両手では数え切れないほどに開けていた。何本か、畳に倒して、ライブで汗を拭くために使っていたタオルでその泡を拭き取る。こうやって畳の上の独特の匂いは仕上がっていく。

「どこが伝説のライブだよ。」

シゲはため息のように漏らしながら言った。

「第一よう、こんな練習量で伝説のライブできてたら、伝説の価値なくなるわ。」

佑も寝転がって口を尖らせる。

「まあな、世界のおわりでも俺たちは俺たちのままだもんな。普段以上のことができるわけねえよ。」

小次郎はモヒカンの毛量を気にしてるのか、髪を撫でるようにいじりながら言った。

「でもさ、楽しかったよな?」

「ああ。クソ楽しかった。」

「ああ。」

「そうだな、楽しかった。こんな気持ち久しぶりだよ。」

四人はそう言うと、部屋の中は静かになった。こぼれたビールの匂いと、遠くで救急車のサイレンが鳴る音。気づくと汗はもうとっくにひいていて、仰向けになると、はねた前髪から冷たくなった汗がぽとんと一滴、額に落ちた。その粒は口の中に転がり込む。それはちょうど涙のような、海のような、そんな懐かしい味がした。

俺は、沈黙に耐えられなくなってタバコを吸いに出た。外はもう、ライブの余韻など残っておらず、渋谷の街がただ猥雑にあるだけだった。十二月三十日の夜はしっかりと冷えていて、鳥肌が浮き、薄着で楽屋から出てきてしまったことを後悔する。

俺はくわえたタバコにライターで火をつける。口が寂しく、まだ少し飲み足りないなと思い、コンビニに向かった。ぼんやりと上がっていく白い煙、マッサージの勧誘をしてくるアジア系のキャッチの女のスカートの丈は相変わらず短く、楽屋の換気扇からマリファナの匂いが漏れているクラブの入り口に立っているSPの二の腕は丸太のように太い。

居酒屋を探しているスケーターたちが道路に描く8の字の螺旋と、電線の上のカラスの羽に交じった白い毛。いつもこのへんを歩いているホームレスはいつものコースを順々に回り、残飯を探している。少し前と比べるとタバコの吸い殻や食べ散らかしたゴミが多く散乱している道路脇には、先の折れた注射針なんかも交じって転がっていた。

じきに、利権を持っていたものの引き出しはひっくり返され、プロフィールや肩書きが何の意味ももたない平等な、おわりの世界へと放り出される。政治家の中には積み上げてきた積木が崩れることに耐え切れず自殺した者も少なからずいるようだ。ルールが壊れて狼狽しているお偉いさん方とは違って、いつもよりやや閑散としてはいるが、ここにいる人たちは相変わらずいかがわしくも真っ当な渋谷の現実を生きていて、安心する。

コンビニに着き、いざ店内に入ろうとすると、自動ドアがちょうど開き、入り口に見たことのある服の女がいる。

「あ。」

反射的に思わず声が出る。

「ああっ。こんばんは。」

挙動不審で、明らかに動揺しているが、俺たちのバンドのパーカーを着ているし、知ってる。どこかで一晩一緒に過ごしたこともある子だ。

「ああ、どうも。今日見てくれてたのかな？」

「あ、はい。見てました。かっこよかったです。あの、これ。」

そう言うと、Ａｓａｈｉの缶ビールを手渡してきた。どうして、俺の買おうとしていた銘柄を知っているのだろう。ラッキーだ。そう思い、感謝を伝える。

「えっと、名前はなんだっけ？　ごめん覚えてなくて。」

「ゆうきです。」

「あの、俺は光太です。」

「し、しってます。」

「あー、じゃあ乾杯。」

「乾杯です。」

コンビニの前の道で缶で乾杯をし、ビールを飲む。

その子は〝そんなに苦しそうに飲むならやめたら？〟とでも言いたくなるような表情でビールを流し込む。そのクセのある表情が妙に可愛くて、なんとなく見とれてしまった。

「あのさ、ゆうきさん、この後、時間ある？　ホテルとか行かない？」

俺はビールを飲み干したばかりのその子に聞いた。雑かなと一瞬思ったが、一度過去に抱いたわけだし、多分大丈夫だろうと、わりと軽快に声をかけた。

伝説のライブだった。誰がなんと言おうと伝説でしかないライブだった。放心状態をさますために外の風を浴びる。でもこの気持ちは、ちっとも収まりそうもない。

この余韻としばらくいたくて、渋谷の街を目的もなく歩く。

深夜までやってる本屋で欲しくもない本を立ち読みしたり、映画館の脇にいた猫に名前を勝手につけて、来る途中の駅の売店で買ったさけるチーズをあげてみたり、でも結局、さっきのライブハウスの方に自然と足は向く。見上げると、月が今日もまん丸で綺麗だ。

壊れていく渋谷の街を鈴を振るようにワタシは歩く。

嬉しくなると人はスキップしたくなるという噂は本当なのだ。恥ずかしげもなくその鈍色の色彩の中を軽快に跳ねて回った。

音楽はワタシを大胆にする。羽の生えたワタシは、乾杯がしたくなり、不意に入ったライブハウス近くのコンビニでＡｓａｈｉのビールを二本買った。今日のワタシならビールを美味しく飲める気がしたんだ。

レジを通して、袋に入れてもらって、自動ドアを出る時、心臓がピタリと音を止め、時間は確かに動きを止めた。さっきまでステージにいたあのひとが不意に現れたから。全身の神経がピンと逆立ちするよう。「こんばんは。」と返す声はきっと、恥ずかしいくらいに震えていたと思う。

あのひとは歌う時と同じ声で乾杯と言った。この声がやさしくて好きなんだ。いつも、ベッドの上でアイフォン越しに聞いていた声。深呼吸する。ちゃんと笑って話がしたい。

「あのさ、ゆうきさん、この後、時間ある？　ホテルとか行かない？」

その声は〝ゆうき〟と名前をはじめて呼んだ。一気に流し込んだビールで揺れる頭に、複雑さの影は落ちるものの、それはワタシを嬉しい気持ちにさせた。

でも、「結構です。ライブ最高でした。ありがとうございました。」と嬉しい気持ちとはあべこべな言葉がするすると口をついて出た。

「そっか。」

あのひとは黙り込んで下に視線を落とした。

「あの、大げさかもしれないけど、ワタシはワタシを生きるので、光太さんも逃げずに光太さんを生きてください。ちょうど今日、ステージで歌っていたあなたのように。」

あのひとの表情、振り返って見ることはとてもできず、ワタシは渋谷の坂を全速力で駆け出した。

「はあ、はあ、はあ。」

白でも黒でもない、かといって混ざり合ったグレーでは決してない、その間で孤立しあった曖昧な感情は、何が正しいことなのかわからなくさせたが、少なくとも、ワタシはここにいた。そう、ワタシの名前、それは、勇気。

スキップのつづきを始める。月まで届きそうなほど大きなステップで、夜を跳ね、駆け抜けた。


歩き疲れて駅前の自動販売機の前で弾んだ息を整えようと、お茶を買うために財布を開けた。中にはピカピカの五百円玉が一枚。まだ残してあった。つまみ上げて月にかざす。

「何ヶ月前のよ。」と笑いながら自販機の投入口に入れようと思ったけれど、いざ手放そうとすると、やっぱりそれはどうしたってできなかった。照らされた自販機にぼんやりと映りこむ、自分の情けない唇が右下に下がった笑い方が、お父さんそっくりでさらに笑えてくる。こういう妙にこだわるところも遺伝だろうか？　悲しいくらいによく似ている。

「これはワタシの宝石。」

ワタシはそのキラキラの銅貨を財布に一度しまったが、ふと目線をあげると、ぼんやりと赤茶けた灯の公衆電話が見える。慣れない靴で歩き疲れて腿の肉は膨らみ、ふらつく足取りで近づくと、驚くほど自然にその投入口に五百円玉を入れてしまった。今まで投入することをあれだけ躊躇していたのに、コインはそんな躊躇《ためら》いなど知らないといった体《てい》で吸い込まれていく。そもそも五百円玉を使える公衆電話自体が珍しい。人差し指でボタンに順番に触れていく。その指が描く曲線が辿るのはワタシが唯一覚えている実家の電話番号だった。コール音を聞きながら、狂った行動をしていることをどこかで自覚している冷静な自分もちゃんといた。


「プルルルル。もしもし？」

「…………」

「もしもし？」

聞き覚えのある電話の声の主は、懐かしい声でそう言った。

「もしもし、お父さん？」

「ああ。ゆうき元気にしてたか？」

ワタシの受話器を持つ右腕は確かに震えていた。そんなことって？

「うん。元気か、じゃないじゃん。本当にお父さん？」

喉が渇いてしまってうまく喋れない。

「なんだ、その質問は。ははは。」

「そっちはどんななの？」

「ああ。真っ白だよ。もうすぐだな。」

「もうすぐ？」

「ああ。もうすぐだよ。すまないが、やっぱりまだ電波が悪くてなあ、また近々な。」

「え？　え？」

「じゃあな、ゆうき。」

ツー。ツー。電話が切れてもお釣りは出てこない。

最後、ゆうきと呼んだその声の余韻が胸を撫で、どうしようもなく涙が溢れる。受話器を置いて、その場所で立ち尽くした。ワタシは壊れてしまったのだろうか？　それともやっとまともになれたのだろうか？

目の前を透明な風が吹く。ビルの隙間から這ってきた風は、意志を持っているかのような曲線で、赤い革靴の紐を揺らし、居酒屋の橙色の提灯を揺さぶっては、斜め上を走る井の頭線の線路をぐるりと一周して、道玄坂の方へ向かって吹き抜けていった。

仮に壊れてしまっても、今はそれでよかった。幽霊でもオカルトでも、この世界がおわる直前の壊れた女が聞いた幻でも、そのどれであってもよかった。ただ懐かしく呼ぶ声が、聞こえたその声が全てだった。それだけで今、心がしまってある箇所はちゃんと満たされた。

ワタシは涙で腫らした野暮ったい目のまま、終電間近の電車に乗りこむ。後方に引き延ばされる家やビルの灯、車のバックライト、すれ違う快速電車に踏切の点滅。窓に流れる東京の街を初めて綺麗だと思った。目的の最寄駅を越えても、体は電車に揺られ、そのままぼやけた景色をずっと見ていた。

コンビニの前で、この世界に何の変化も起こさないような無益な会話の花が咲いている。

俺は缶ビールを片手に笑いながら、さっきの女に言われたフレーズが頭の中に浮遊していた。ライブ後の、だらっと重くなった体の中を、アルコールは靄を連れて循環している。こういうことから目を背けるのは得意だったはずだが、今、胸が小さくざわついているのは全て図星だったからに違いない。それにラストライブが終わった後のセンチメンタルな気分も手伝っている。

目の前をタクシーが通り、ヘッドライトに照らされたゴミを漁る猫が、鼻をつけるように袋をつついては細い路地の方へ消えていく。食い散らかされたパンの残りが道路に広がり、また一台タクシーが前を通り過ぎる。いつもの散策のコースなのだろう、ひたひたと終末の床を踏んで、ひとつひとつゴミをつつきに猫は歩いていく。コンビニの外のネオン管がバチバチと音をあげ、ライトはついたり消えたりを繰り返し、今にも切れかかっているが、今夜はそんな音も心地いい。

ひゅうっと風は吹いて、前髪を散らし、感傷をさらっていく。風は下りの坂道を吹き抜け、街のけばけばしくも滲んだ灯の隙間を縫いながら、109の看板まで跳ねあがり、そのまま十二月の黒闇に吸い込まれていった。

どっかのサッカー選手を真似て右手につけていた腕時計が針を止めず、時間を刻み続け、風が吹き抜ける。それは、軽薄で、あまりにも青くさい一つの問いへの答えだった。


「じゃあさ、終電で俺帰るわ。」

「俺は違う線だからここで。」

荷物をぞろぞろと背負ったメンバーが居酒屋の前の道に広がって言う。

「光太、今日くらいは嫁さんのところストレートで帰ってやれよな。」

佑は笑いながら俺の肩を叩いた。

「明日が最後の一日なんだから。破綻してようが、いつも同じ場所で鍵開けて待ってるんだからさ。」

「当たり前だろ。」

内心考えていたことを言われ、動揺を隠そうと、ポケットからタバコを探すふりをした。

「今日はありがとな。」

小次郎が握手を求めてくる。これが最後の握手なのだろうか。ポケットの中で、差し出す準備をしている右手は柄にもなく汗をかいていた。

「あのさ、ちょっとあの、言いにくいあれなんだけど、俺、新曲あってさ。みんな聞いてくれるかな？」

俺は握手を遮って、そう声に出した。

「え？　このタイミングで。」

「え？　え？」

皆が動揺している。そんなに動揺しなくてもいいのではと思うけど、ラストライブを終えたこのタイミングを考えればやはり唐突だったのかもしれない。

「いや、今じゃなくて、後でＬＩＮＥで送るからさ。各パートフレーズつけて欲しいんだ。まだ完成しきってないんだけど。」

俺は照れながら言う。

「どんな曲なわけ？」

小次郎が聞く。

「えーっと、昔飼ってた犬の……。」

「うわ、世界のおわり、関係なっ!!」

「そうなんだよ。全く関係なくて、言い出しにくかったんだけど、ほら、久しぶりの新曲だからさ……。」

俺は自分の顔が赤面しているのがわかったし、語尾が小さくなりながら、理由のわからないこそばゆい気持ちを胸に這わせるように持っていた。

「もうちょいこういう時、粋なサービス精神あったら売れてたんだろうな。」

シゲが笑いながらタバコに火をつける。

「悪かったな。」

俺はシゲのタバコを借りて、自分のくわえたそれに火をつける。しゅるしゅると白い線がよく冷えた空に上っていくと、その先には綺麗な月が浮かんでいるのが見えた。終末の影はなく、何の変哲もない、いつもの綺麗な月だった。

「ああ、やるよ。」

「オッケ。ちゃんと嫁のケータイからグループＬＩＮＥに送っといて。」

「新曲だもんな。了解。フレーズつけるよ。」

「うす。じゃあな。」

「またなー。」

「お疲れ。またーーー。」

俺たちは、誰に聞かせるわけでもない、新曲の約束をして別れた。自分が先ほど遮ったせいで、最後の握手や別れの言葉らしいものはなかった。それでよかったんだと思う。それがきっとよかった。

鶏ガラと大きめに切ったにんじんが、沸騰する鍋の中で小さく揺れ、ダンスをしている。油をひいたフライパンで飴色になるまで玉ねぎを炒める。小粒の油が弾ける音、野菜の甘い匂いが部屋に立ちのぼり、台所の小窓が薄く結露している。

こんな時でも目が痛くならなくなったのはいつ頃からだろうな。胡椒を振って、よくもんだ鶏モモ肉に、大きめに切った玉ねぎ、にんじん、じゃがいもを合わせて一緒にフライパンの上で炒める。白く上がる煙は換気扇の方に吸い込まれていく。

いろはは三十分前からずっと、スイミングゴーグルをつけた状態で、隣の部屋で英語のノートを眺めてはぶつぶつと英単語を音読している。玉ねぎのせいで目が痛くなるのがイヤみたいだ。

何か特別にやりたいことはないかといろはに聞いたが、「英語のべんきょう。」とぶっきらぼうに答えるだけだった。変な子だと思う。一昨日は英会話学校の体験学習に行った。そこで覚えた英語を使う相手も、タイミングもないというのに。

昼過ぎからゆっくりコトコトと煮込んでいた鍋に、先ほど炒めた肉や野菜を入れる。辛いのが苦手ないろはのための隠し味、バニラヨーグルト、トマトジュースの缶を半分くらい、インスタントコーヒーをひとつまみ、すりおろした林檎はたっぷりと、それにカレーの中辛のルーを入れて弱火でゆっくりかき混ぜる。にんじん、じゃがいもなんかが大きめに切ってあるのは、鍋の中で輪郭がなくなるくらい煮込んでも形がちゃんと残るように。うちのカレーは二日目が最高なんだもの。グツグツと煮え始める鍋、焦らない、焦らない。

スパイスなんかは特にこだわらない。わたしにとって、カレーはおしゃれであってはいけないんだ。お手本は食べログの人気店のそれではなく、小さい頃の夏休みのおばあちゃん家《ち》のカレー。田舎のおばあちゃん家で汗をかきながら食べたあのカレー。

母親は学校がおわって夏休みに入ると、すぐにおばあちゃんの家にわたしを預けた。でもそのことは全然イヤじゃなかったな。七月も半ばに差し掛かってくるとわたしの胸は教室の木の机の前でもうドキドキしはじめていた。

「ましろ、カレーまだかかな?」

いろはが駆け寄ってくる。頭の中に思い描いていた青草の風景がしゅるしゅると煙になって消える。

「もう少し待ってね。この煮込む時間がとっても重要なんだから。ノートをもう一周、読んできなさい。」

カレーの甘い匂いはわたしに、夏休みがずっと続くような気のしていたあの時間を思い出させる。弱火で煮えたつ具をお玉でゆっくりとかき混ぜ、それに混じってくる英単語を読み上げるいろはの声を聞いて、遠い田舎の町や色んな景色のところにいろはを連れていってあげたかったたな、わたしはそんなことを思っていた。

カレーを煮込むのを待つ間に、先ほどゆでておいたじゃがいもを輪郭がなくなるほどに潰し、それに薄く切ったにんじん、あとは缶詰のミカンと剝いた林檎のスライスをたっぷりと入れて、ひいた黒胡椒をふりかける。クリスマスはわたしがへたってたからその分もたっぷりとフルーツを入れて、カロリーカットのマヨネーズをかけてかき混ぜてつくるポテトサラダ。いろはの大好物だった。

「いただきまーす。」

「いただきます。」

炊きたてのお米の匂い。テレビはつけない。ずいぶん前から見るのはやめたんだ。どうせつけても、暗くなるようなニュースばかりだし、スマホもずっと引き出しの中だ。

「鶏肉のカレー大好きなんだけどさ、いろはが将来、社長になったらさ、牛さんも食べようね。ましろ。」

いろはは口の中にもぐもぐとカレーを入れたまま話した。

「食べるか、話すかどちらかにしなさい。」

そう言う自分の声色にはっとした。わたしはおばあちゃんにそう注意されたことをその口調で思い出していた。わたしはずいぶんといろはとは違うなと思っていたけど、こうやって時折、フラッシュバックするように遺伝を感じる瞬間があるから血のつながりっていうのは不思議。

「よく噛んで食べなさいね。」

「うん。」

いろはは、カレーを机の上にこぼしながらも、お皿の上のものは綺麗に平らげる。スプーンですくい取り、ルーの茶色のところがないってくらいに丁寧に食べおえた。

「ふ〜。」

いろはは膨らんだお腹に手を当て、倒れこみ「八ヶ月です。」そう言って笑った。

「あなたが八ヶ月の時はそんなもんじゃなかったよ。」

わたしはそのふくらみに手を当てて言った。

「そうなんだ。お腹の中にいる時からいろは可愛かった？」

「ううん。ただの石かってくらいに表情が見えなくて、お腹を内側から蹴るようになってても痛いなあくらいに思ってたかな。」

「じゃあ、いつこんなに可愛くなったの？」

いろはは仰向けの体勢からゴロゴロ回転して、わたしの膝の上に頭を滑りこませてくる。

「いつだろう、わたしのことをましろって呼ぶようになってからかな？」

「だいぶ後じゃん。」

いろはは声を強めた。

「ううん。もちろん、その前も可愛かったんだけどね。動物としてというかさ。でも本当に愛しいなと思ったのは、いろはがいろはになった頃かな。」

「ふーん。」

いろはは膝の上に頭を置いた姿勢で、何かを考えるように一点を見つめた。

「ねえ、この林檎とあの段ボールの中の林檎は、元が同じ木だったことに気づいてると思う？」

いろはははポテトサラダから、林檎だけを箸でお皿のはじにのけていて、あとでご褒美のように食べるつもりのようだ。

「汚い食べ方。そんなに食べたいなら新しいの剝くよ。」

わたしの方は四ヶ月くらい？　カレーでやや重たくなったお腹をもち上げて、台所に移動する。

蛇口をひねると、十二月の水道水は冷たく、林檎を洗った際、指の先の感覚が痺れるように一瞬で失われていく。

〝この林檎とさっきのは同じ農園、同じ木だったたって知ってるのかしら〟

わたしはそのことを考えながら皮をするすると剝いていく。林檎の皮は一度も途切れることなく綺麗な円を描き続け、最後へたのところまでいって、流しのところにストンと落ちた。考え事をしていた方が案外綺麗に剝けるのかもしれない。白い指先に浮き上がった血管、痺れた左手の上には綺麗な球体が残った。それは肌色でできた地球のようだった。うんと甘い匂いのする球体。

「蜜が甘くて美味しいね。宝物みたいな味してる。」

「そうね。福島の林檎なんだって。この前行った時に段ボールごと買ったのよ。いろはが帰る時に持っていた段ボールがこれ。」

「知ってるよ。隙間から匂いしてたもん。そうじゃなきゃ持たないよ。こんな重いの。」

真ん中の芯のあたりに集まった蜜は黄金色に輝いていて、胸がぎゅっとしめつけられるような、人懐こい甘さをしていた。その甘さの向こう側に、もぎ取る農家の人の顔まで浮かんできそうなほどに、やさしい味をしていた。

「福島はもう雪降ってるかな？　いろは、雪が見たいよ。」

「寒いとこの林檎って美味しいんだ。てことはさ、林檎が美味しい地域はもう雪降ってるかもね。」

「そかー。」

そう言うと、いろははどこでもらってきたのか、路線案内の本で福島への行き方を調べ始めた。先ほどまであった、四等分に並べられていた黄金色の蜜はすでにお皿の上から姿を消していて、そのすみかを二人の胃袋へ変えていた。

「新幹線だと二時間ちょっとかなあ。」

いろははそんなことを独り言のように呟いているが、調べたところで、もう行くのは無理なんだよ、いろは。だって今日は十二月三十一日。時計を見ると、二十時半をさしていた。

今年の雪は、まだ見ていないけれど、今にも降ってきそうなほどに外は冷え、隙間風はピューと口笛のように、十二番目の月の間を歌い続けている。わたしは雪があまり好きではないけれど、いろははどうしても見たいのか、理科の図鑑を引っ張ってきて、雪の作り方を探している。

「わー、ドライアイスがあれば、あとは家にあるものでできなくもないかも。」

いろはは一度、目を輝かせたが、「でも空から降ってくるからいいのよね。」そんなことをぼやいて、図鑑を閉じて、クッションに顔を埋《うず》めた。

「やりたいなら、スーパー行ってもらってこようよ。ね?」

わたしは、最後なんだしいろはのやりたいことはできる限り、やらせてあげたいという思いから、そう言葉を投げかけた。

「いい。」

いろはは顔を埋めたまま、もう興味もないといった風に低い声で短い返事をした。

「勝手に完結してしまって可愛くない子。」

わたしは嫌味っぽくそう言った。

「雪が降ると全てにかぶるでしょ。ビルも公園の木も、ましろの上にも、結晶は落ちるでしょう？　大きな建物にも、小さなバイクにも、汚いものが詰まったゴミ箱にも、宝石屋さんの屋根の上にも、いいやつにも悪いやつにも、全部あの白色がかぶさっていく、あの感じが好きなのよねー。こんなペットボトルの中で雪つくって喜ぶほど暇じゃないってーの。」

いろははクッションにさらに顔をぐりぐりと埋め、ふてくされて、そんな風に言った。

「暇じゃないって言うけど、でもあなた、寝てるじゃない？」

「ううん。違うよ。」

「何が違うのよ？」

「考えてるんだもん。何か雪のかわりないかなーって。」

そう言うと、おもむろにいろはは立ち上がり、引き出しの中を漁り、そして「コレだ。」そう言って、街の小さな映画館のメンバーズカードを見せてきた。表面はハットを被ったチャップリンだろうか？　杖を持ったおじさんのイラストがプリントされたクリーム色のレトロなカードで、いろはは「あと二回で十個スタンプがたまるから、一回無料なのよねー。」そう言いながら目を輝かせた。たまったところで、それを使うタイミングはもう残されていないから、その目の輝きの分だけわたしは切なくなった。

「うん。でもどこが雪のかわりなの？」

「みんな、真っ暗な世界の中、同じ形の椅子に座って同じ首の向きでスクリーンを見つめるでしょう？　それでね、みんなが同じ時にエンディングを迎えるの、それって雪が降る時に似ていない？」

いろはの言ってることの半分もわからなかったが、わたしはただ、うん、うん、と頷いた。

「だからいろはは、一番後ろの席で映画を見るんだ。みんなの頭を見るのが好きだからさ。」

「うん。じゃあ行こうよ。でもその前にお風呂に入ろうか？　いろは。今日はさ、世界のおわりの日かもだけど、一年の最後の日でもあるんだからさ。ちゃんと、今年一年の垢を落とさないとだね。」

「えー。後でいいよ。」

「ダメ。今。わたしも一緒に入るから。」

時間が気になった。もしかしたら今から映画に行って帰ってきたら二十四時を迎えてお風呂に入れないかもしれない。いろはを万歳の格好にし、服を脱がし、わたしも裸になって、狭いシャワールームに入った。

「うおおお。さむーい。」

　両手をクロスさせ自身を抱きしめるような、同じ寒い寒いポーズをとったわたしたちは蛇口から湯が出るのを待った。一応、浴槽はあるものの、そこに湯を張ることはほとんどない。二人震えながら、あったまってきた細いシャワーの線の中で体を寄せ合い、湯気が上がる。白い霧の中でわたしたちはお互いの背中を流しあった。首筋で泡を立てると、いろははくすぐったいのか笑い出し、わたしも同じところで笑った。でもいろはの首筋にはわたしにはないホクロがある。

　わたしたちは鏡に映った姿を薄目で見ればよく似ているし、近くでよく見れば全然違う生き物だ。あらためて、この笑うむき出しの生命体がわたしの中から生まれてきたことが不思議に思える。抱きしめたい気分になったのはやはり今日という日が関係しているだろう。

らんらんと光りながら降るそれは白色っていうより、銀色。こんなの見たことないや。それもちゃんと結晶の形をしたまま、軽いのだろうか、普通の雪よりももっとゆっくり、ちょうどタンポポの綿毛みたいに空から舞うように降ってきた。右手には水の入ったコップ、ドアを閉めた向こうで小さく聞こえるましろのドライヤーの音。

はねるよね。だって体が喜んでる。口を開けて受け止めたらもっと驚いた。だって冷たくもないんだから。不思議な雪。いろはは妖精の気持ちが今少しわかる。こんな綺麗な世界で踊っている、きっとこのまま空だって飛べてしまえそう。風に乗っかるような軽快なステップで大晦日の歩道を蹴って歩いた。そのおかげで半分くらい、コップの水がこぼれた。

階段に着くとやっぱりじいちゃんはいた。いると思ったんだ。

「よお、老人。」

「その呼び方はちょっとやめてくれんかのう？　別に今更、年齢は気にしてないんじゃが、慣れんのよ。」

「これは謝った方がいいやつでしょうか？」

「ええよう。そこまでせんでもさあ。」

じいちゃんは手すりに止まっている黒いカラスと目を見合わせて笑っている。

「水あげようと思ってさ。」

いろはは階段を登り、コップの水を花の根元にそっとかけた。

「雪降ったね。」

花に水をあげきると、ガラスのコップの中身は空っぽになる。

「そうじゃなあ。この不思議な色をした雪は空の裂け目から降っておった雨、ホラ、覚えとるかわからんが、前に会った時、ちょうど十日前かのう、あの日たくさん雨が降ったじゃろう？　あれと元は同じよ。それが世界の約束の前に雪になったんじゃあ。あんまり触れすぎるとよくないよ。ほれ、傘。」

そう言うとじいちゃんは傘を開いていろはの上で広げた。やさしいみたいだけど、この赤い柄、よく見るとうちの傘、なんでじいちゃんが持ってるんだろう？　玄関の外にかかってたのを泥棒したのかな。まあ手元に戻ってきたのだからいいんだけどさ。

「覚えてるよ。いろは、その日に倒れたんだもん。でも、なんでこの雪を浴びてちゃいけないの？」

「ホホホホ。」

髭の森の中に埋もれた顔のパーツは笑いながら話を続けた。

「この銀色の雪に触れすぎると、全ての境界線がなくなっていく。ワシとお嬢ちゃん、人と鳥、そういうものが曖昧になっていくんじゃ。ほれ、そのうち、重力も曖昧になって空も飛べてしまえるかもしれんよ。」

「おわるの、どうして今だったんだろう。」

「世界の約束の存在に皆が薄々でも気づいたらゼロに戻すって、最初から決まっていたんじゃな。きっと。」

「いろは。」

振り返ると階段の下で、ドライヤーを終えたましろが細い首にマフラーを巻いて、心配してますといった表情で立っていた。

「あの、こちらの方は?」

ましろは、いろはの横で傘をさしているじいちゃんの方を階段の下から見上げて会釈しながら、そう言った。

「ましろにも見えはじめてるみたいね。」

手で口を押さえ、じいちゃんにだけ聞こえるくらいの小さな声でそう伝えた。

「雪のせいかのう?」

じいちゃんも同じくらい小さな声でそう呟いた。

「近所のおじいさん、花ともだちなの。」

それからは三人と一羽でしばらく、雪が世界を白く包んでいくところを見ていた。いろはましろが持ってきてくれた大きなコートを羽織った。裏の起毛がふわふわしてて、少しくすぐったくなる。


「いろははどうしたい? 傘を閉じてもいいんだよ。」

ましろも少し理解してきたのだろうか、いくらか時間も経った頃、いろはを見ながら言った。横顔はきっと、世界に見とれてうっとりしてたと思う。いろは自身、興奮してたのは自分でもわかるし、目の前の見たことのない光景に単純にすごく惹かれていたから。境目が曖昧になっていく世界のおわりってやつは、言葉のイメージよりもチャーミングに思える。

「ううん、でもいい。参加しない。この傘を閉じたら、いろはとましろの間の境界線がなくなるの。それは困るな。わたし、できるだけ最後までいろはでいたいから。」

「そっかあ。」

ましろは、静かに頷いた。

じいちゃんは傘の雪を払い落とし、地面で雪に埋もれかけていたカラスの羽を拾い上げた。

「で、あなたたちはどうするの？　うちに来てもいいけど。」

いろははじいちゃんとカラスの方を見ながら言った。じいちゃんはカラスの方を一度見て、「ワシはここに残るよ。」そう言って皺だらけの掌を見た。

「いくつもあるコップの水が溢れると、混ざり合い一つの水になって境目がわからなくなるように、体という入れ物に入っていたたましいは全部溢れて、じきに大きな一つの海になる。人としていられる残りの時間を大切にするのも悪くないがのう。でも、お嬢ちゃんのアパートはペット禁止じゃろう？　ワシはこの性格のひん曲がったのとおらんといけんからのう。」

カラスの方に、親指を立てると、カラスはまるでその言葉がわかっているかのようにカアと鳴いて、ぴょんとその場で一度、跳ねた。

「じゃあ、ここでお別れだね。」

雪がさらさらと音もなく散り、いつもの景色を白銀に染め上げている。

「そうじゃな。」

「じゃあ、いろは、お家に帰ろう。」

大きすぎるコートに埋まっている袖からいろはの手をとり、ましろはそう言った。

「うん、おじいちゃん、またね。」

「ありがとうね。お嬢ちゃん、さようなら。」

「ううん、さよならじゃないよ。またね。」

足元の赤い花を見ると、植木鉢の端で新しい小さな青い芽が、土から顔を出していた。

おわりからもちゃんとはじまりがあるのを、いろはは知っている。

できたらまた人間として生まれたいな。今みたいに不完全で、迷子のままでもいいからさ。

「あい、またね。」

そう言うとさしたままの傘をじいちゃんはましろに渡した。

「振り返るなよ。」

じいちゃんは階段の上から降り始めたいろはとましろにそう言った。一段、一段、降りながら十と三つ、段を数え、二人でアパートに向かった。

家に着いて、ましろが鍵をポケットから出して、鍵穴に差し込み、開けている間、いろははちょっとだけズルをして振り返り、きっと見えてないだろうけど、小さく手を振った。またね。またね。

「本当に外にいなくてよかったの？　面白いものもっと見れたかもよ。」

わたしはストーブの電源を入れ、雪で濡れたいろはの髪をバスタオルで拭き取りながら言った。いつもの、何の変哲もない部屋でゆっくりと橙色を帯びて熱を集めていくストーブ。

雪自体に冷たさはなかったけど、外の気温はしっかりと十二月の夜のもので、歯をカタカタと震わせながらわたしは、いろはに聞いた。割と長い時間、外にいたせいで、せっかくお風呂に入ったのにとっくに体の芯は冷えきってしまっていた。

「いーの。」

いろはは短く答える。

「でもさ、いつも、」

話し始めたわたしの会話を遮るようにしていろはは言う。

「ましろ。今、目の前で起きてることも、明日この世界がどうなってるかも関係ないよ。いろはの世界をいろはが主人公のまま続けたいだけ。」

いろはは、タオルで髪をぐしゃぐしゃにされながら言った。

壁掛けの時計を見ると、もう二十三時を回っている。じきに、ＮＨＫでやっている紅白歌合戦もフィナーレへと向かうだろう。一分一秒、きっと窓の外の世界はもっともっと不思議なことになっていくにちがいない。わたしがわたしでいられる時間はもう、そう長くはない。

「どういうこと？」

わたしはいろはの言い回しにわからないところがあった。

「いろはは、明日を信じてるんだ。今日だって花に水をあげた。英語だって勉強する、映画のスタンプだってためるよ。想像する。いつかいろはは世界中を飛び回るし、またあの小さな映画館で暗闇の中で夢を見るんだ。」

いろはは、タオルで髪を拭き取るわたしの手を止めて、わたしの顔を睨むくらい強い目で言った。そのタオルの隙間からのぞかせる目は相変わらず澄んでいて、その鋭さに明確な意志を持っていた。こういう顔をするようになったのはつい最近。子どもの成長の速さにあっけにとられ、何も返せずにいると、いろははわたしの脇腹をくすぐった。仕返しに、くすぐり返すわたし。

「本当におわるなんて信じらんないな。」

受け入れられない気持ちを持たぬよう、大人ぶって背伸びをして、この数日過ごしてきたけれど、いろはと笑いあったのは、まさにそんな時間だった。本当におわるなんて全然、信じられない。ずっと続くかのような時間。

「いろは、もう一つ、林檎剝こうか?」

「うん。あ、でもいろは、歯磨きもうしちゃった。」

「ちゃんと口ゆすげば大丈夫よ。」

「本当?」

「うん。」

奇跡や魔法がない世界でよかったな。

当たり前に朝が来て、いろはのまま朝が来てさ。ちゃんと世界がおわるみたいでよかったな。

だって本当にわたしがそこにいたってことだから。これで、誰も嘘だったなんて言えないね。愛とか正しさとか、傷をつくりながら探しては駆け回った時間の束のこと、意味がなかったなんて誰にも言わせない。この世界に何の変化も与えず、人知れず流した涙も、失われることでやっと質量を持つ。

質量?

そんな言葉を話させるのは誰?　わたし、今までだって使ったことない。

林檎を剝いてる背中、台所のステンレスがその皮を受ける音、知ってる。

いろははましろの子ども?　それとも、おばあちゃん?　ひいおばあちゃん?　うんと昔から知ってるような気がする。たまたまましろから生まれたのが最近なだけで、わたしはずっとそこにいた。これからもきっとそう。

目を閉じるとわたしの内側を駆け巡る色、それだってずっと前から知ってる気がする。いろはは懐かしい未来を生きていた。

いのちに答えなんかないよ。ただ世界がはじまっておわるだけで、いのちは続いていくんだからさ。

贈り物のこと、今ならたくさんわかる。

この林檎だってそう。照らしていた夕暮れが染み込んで、金色の蜜は甘くなった。

想像する。空をまたいだ赤とんぼは眠り、ポケットの中の指先はしもやけになり、冬の気配。遠くでお寺の鐘が聞こえる。空に突き出た木の卒塔婆に書かれた文字は古すぎてもう読めない。お墓の横の道、白い息を吐きながら歩くいつかの夕暮れ刻。鼻をすするとツンと刺すような乾いた空気。肘の擦り傷はいつつくったのかわからないけど、一人ぼっちの帰り道、ずきんと脈うつみたいに染みてくる。夕日と月がどちらも出ている、しんと冷えた夕刻に町内スピーカーから流れだす、馴染みのあるいつものメロディ。皆が橙色の世界からそれぞれの場所へ帰宅していく。

ゆうやけこやけでひがくれて
やまのおてらのかねがなる
おててつないでみなかえろ

からすといっしょにかえりましょう
こどもがかえったあとからは
まるいおおきなおつきさま
ことりがゆめをみるころは
そらにはきらきらきんのほし

「いろは、歌いながら何で泣いてるのよ。そんなにその歌好きだっけ？」

「ううん。ちょっとね。贈り物がいっぱいでさ。」

「そう。涙を拭いて、林檎食べな。」

「うん。ましろの贈り物の話も聞かせてよ。」


「贈り物、そうね。」

都心から少し離れた高台にある病院へはいつも普通列車で通ってた。ガタンゴトンと揺れる車内は帰宅ラッシュの時間のはずだっていうのに、決まって空いていて、西日はゆっくりと流れる時間を橙色に染め上げていた。窓ガラスから見えるミニチュアの街、どの屋根の色もよく見ると違っててね。みんなそれぞれの食卓を囲んで、それぞれの布団の上で、本を読んだり、映画を見たり、明日の心配をしたり、今日の思い出に胸を膨らませたり、それぞれの時間を過ごしてるんだなあって思うと、そんな時だけは不思議とすべてが愛しく思えた。

その色とりどりの新興住宅地の中に一つ、もう人が住んでいないのがわかるボロボロに剝げたトタン屋根の家があって、綺麗に整頓され並べられたその住宅街の中で、無軌道に枯れたその色のことがわたしはなんとなく気になってた。病院の一つ前の駅で降りる予定もないから、ただぼんやりと眺めているだけだったのだけど、その雨の日、二月にしては暖かいその日にね、なんとなく春の気配に誘われたのか、下車して、そのトタンの家まで散歩してみようと思ったの。傘の上を大粒の雨がボトボト落ちてきてね、いつも見下ろしてた街だったけど、まるで違う世界に迷い込んだみたいだった。その家は近づくにつれ、異様な怪しさを醸し出しててね、ツルに覆われて伸びきった雑草の庭は見るからに人が住んでないって感じだった。

錆びた門の鉄柵のところまで行って、首を伸ばして中を覗いてみたけど、無方位に伸びて枯れた草木が雨にしなっているだけで、人の生活の匂いはしなかった。肩も横からの雨で濡れ、やや重たくなっていたし、何より歩いた時間が長すぎたのね、しばらく見た後、わたしは振り返って、来た道を戻ろうと、重いお腹を撫でて歩き出したその時に、リンと鈴を振ったような小さな音が頭の裏で聞こえた。気のせいかなと思って歩き出すともう少しはっきりと、リン。わたしは振り返ってもう一度、鉄柵から身を乗り出しよく見てみると、庭の奥の方、雨で垂れ下がる雑草の隙間から、痩せた犬が舌を出しながら濡れているのが見えた。その雑種の犬には首輪がしてあり、そこについていた鈴が揺れていたの。

ずっとそこにつながれたままなのだろうか？　わたしは、首輪がリードでつながれて自由に外に出られないんだと思って、その飼い主の身勝手さがとても苛立たしく思えた。半分開いていた鉄柵を押して中に入ろうとするけど、傘をさしたままでは伸びきった草木が邪魔をして入れなかった。

わたしは傘を閉じて鉄柵に引っ掛けて、枯れた草木のカーテンを押しのけるようにして、目を細めながら入った。棘のあるツルで薄い擦り傷をつくり、温かい雨に濡れながら近づく。犬は年老いているのだろう。頬の肉は老犬らしく垂れ下がり、薄汚れていて、薄くなった体毛は雨でまとまり、地の肌色を浮かせ、あばらの骨はゴツゴツと外に突き出さんばかりに角ばっていた。わたしはその濡れた老犬の傷だらけのビー玉のような目を近くで見るや否や、悲しい塊になっていた。

老犬に触れると、その体はやせ細り、しかし、思いの外、温かく心臓の位置からは生き物の鼓動が、薄い皮膚を破らんばかりに強く感じられた。わたしは首輪に付けられたリードを外し、その老犬にもう自由だよ、そう声をかけた。

でも、その外したリードを手繰り寄せて、わたしは驚いてしまった。そのリードの反対側はつながれていなくて、いつでもそこを飛びだせたの。

どうして？

わたしはその雨に濡れる老犬を撫でながらそう声に出した。犬は舌を出しながらただそこで小さく尻尾をふるだけだった。

もう来ないであろう人をただ待って、この老犬は一生を終えるのだろうか。いつだって、ここを離れることができたのに、ここで思い出と生きることを選んでいたのか。

わたしは、流れていくその時を映してきた瞳を見ながら、雨に混じって涙を流した。悲しみが涙を流させたのではない。頬を伝う涙は温かくて、わたしは空から溢れる雨粒と同じものを内側に持っていることを知った。

その老犬の後ろにはね、二月にしては早すぎるカモミールが、それも、白だけではない、なぜか赤、オレンジ、黄色、青、色とりどりのカモミールが雨を浴びながら咲いていた。雨を受けとめる花びらが、柔らかい匂いを発して、静かに、でも確かにその雨の景色を祝福しているようで、わたしはその老犬の一生について考えていた。

わたしはその犬にお別れを言って、ツルのカーテンをくぐり、門を出て、雨でぐっしょりと重たくなった体でしばらく歩いたところでついに倒れてしまった。雨に滲み伸ばされた赤色の灯が視界に広がる。救急車に乗せられ、気づいたらさっきまでいた病院にいた。すごいスピードで背景が入れ替わり、気を失いそうになったり、声をあげたりしながらも、わたしはその日見た花の色のことを思い出していた。

そしてわたしは贈り物を受け取った。

その贈り物にはいろはと名付けたの。

「へえ、知らなかったな。」

「いろは、また泣いてるじゃない。」

「うん。」

「じゃあ、一つずつ言いながら、除夜の鐘でも待とうか。次はいろはね。」

二人で床に寝転がりながら、天井を見上げていた。窓の隙間から吹き込む冷たい風に鼻の奥がつんとして頭がクリアになる。


「えーっとね、林檎。」

「林檎をぶら下げてた茎や枝。」

「霜を降らす冬の朝、葉を揺さぶる春の嵐、夏の長雨。秋の夕暮れをおわらす最後のヒグラシ。」

「いつもそれを見守ってた果樹園のおじさん、窓から木を見つめる目、ゴム手袋、土で汚れた長靴。傷がついて売り物にならない積み上げられた林檎。」

「居眠りばかりしてる八百屋のおじさん。頭髪は真っ白、組まれて机にのせられた足、垂れ流される野球中継。」

「あはは、駅前の八百屋さんだ。踵《かかと》が踏まれてペシャンコになって投げ出された靴。ほどけそうな紐。」

「向かいの笑うのが下手くそな自転車屋さん、タイヤのチューブから空気の抜ける時の音。灰色のつなぎ、墨で縦に黒い線が入った顔、薄汚れた軍手、パンクの修理をして千円を受け取る時の無感情なありがとうの声。固い掌。」

「おばあちゃんの掌の皺、横たわる皺のない真っ白なベッドのシーツ。窓に差し込む西日に、思い出す懐かしい声。人が物に還る時に立てる音、口を開けたその暗闇が包む黒色。」

「田舎の夜道、自動販売機の灯に集まる蛾や虫の羽音、人のために用意されてない夜という時間、すくむ足。溝の中からカエルが鳴らす腹、鳥肌の浮いた足を蚊が刺している。」

「電気の切れた部屋、耳元を飛んでいる蚊の音、眠れない夜に扇風機の首振り、ガタガタ。線香の消えた後の灰の匂い、お供え物の柔らかいバナナの黒ずみ、注がれた酒に浮かんだ小さな埃、トイレに行く途中に見ると、飾られた先祖の遺影がいつもと違って見えた、その表情。」

「お盆の海、潮の匂いが違う。風に運ばれて飛んでいった麦わら帽子、海風でべたつく肌。思い出す微《かす》かな記憶、うんと小さい頃に見た『エンドレス・サマー』というサーフィンの映画。」

「パソコン画面、香らない潮の匂い、冷房の利いた家でゴロゴロしながらYouTubeでドラマの『ウォーターボーイズ』なんかを見ただけで満足してしまう夏。渇いた喉、積み上げた漫画で下敷きにされたプリントや参考書。」

「歴史の教科書の隅のパラパラ漫画、歴史の偉人の写真に書き足す口ひげ。」

「卒業写真、革の表紙、開きやすくなってる、好きだった人が写ってるページ。」

「席替えの日、気になる人と同じ班になれた日の帰り道、跳ねるランドセル。花壇のパンジー、自分よりも数倍大きな蝶を運んでいる一匹の蟻。」

「同窓会で久しぶりに会う。不良っぽくてカッコよかった彼、今は小さな信用金庫で働いてるらしい。輝きをすっかり失っていた好きだった人、口の青髭、刈り上げた髪、塞がりかけたピアスの痕。それでも笑った顔は思い出の中と何も変わらず綺麗。」

「ねえ、ましろ、これって贈り物の話かな?」

いろはは笑った。

「うーん。わからない。大切な時間だもの。いいんじゃない。」

つられて笑い出す。

「買い物袋、ぶら下げて歩く駅からコンビニまでの道。玉ねぎ、にんじん、じゃがいも。」

「うふふ。カレーね。いつも行くお弁当屋さん。よれた文字で手書きのメニュー、熱帯魚の泳ぐ水槽、置かれた団扇、内緒で一品多く入れてくれる、おまけ。」

「神社で一休みして、飲むお水。昼寝してる猫の寝言。あくびした夏の太陽と揺れる高い木の葉、絵馬に書かれた願い事。今年こそは。今日こそは。」

「擦り切れた狛犬。顔の輪郭を曖昧にして石に戻りかけてる。お賽銭からはみ出た小銭、錆びた鐘の伸びのない音。お辞儀して目をつむり、お参りする。合わされた手と手。ぎゅっとつむられた目。誰かの幸せを願う、祈られた時間。その掌の中にいた神さま。」

「ほどかれた掌からするりと抜け出し、透明な風に姿をかえ、前髪を揺らしては日陰に隠れる。」

「引き出しの中の青いガラス。海の色。」

「呼ばれた気がして振り返る午後の夕暮れ。」

「聞かれた気がして答えたけど、答えがもともとなかった質問。」

「異国の味のする飴。ピカピカの銅貨。」

「いろんな顔をした神さまと、神さまになりそこねてふてくされてる、物や場所。」

「自分で羽を黒く塗ったのに、それを忘れて悪魔だと思い込んでる天使。」

「鏡ばかりを見てアイシャドーを念入りにする、お化粧に忙しい悪魔。」

「スピードをあげすぎて永遠を追い越してしまった、瞬間。」

「誰も聞くことはない新しい曲が録音された真夜中のボイスメモ。」

「夕暮れと朝焼けが悪ふざけして入れ替わったことを、ちゃんと気づいていたホームレスのおじさん。半分だけ飲んでるペットボトル、硬水。」

「渋谷のスクランブル交差点で踏まれるのを待っている地面と、ガム、踏みつける靴底。」

「サラリーマンのカッターシャツの襟の皺、書類でパンパンのショルダーバッグ、人のふりをするのが下手くそなたぬきと雑踏の中でぶつかった肩。電線の上で全て見ていたカラス。」

「曖昧になっていく境界。あなたとわたし。」

「曖昧だった最初の頃に帰っていくというだけのシナリオ。」

「愛と悪意が同じ意味になり、名詞と形容詞、接続詞が分解され邂逅する。」

「短針が長針を追い越して、歪んでいく時空。」

「正義の失効。」

「悪意の融解。」

「戦争のおわり。」

「未来のはじまり。」

「書き手不在の小説。」

「キャスト全員の名前の省かれた映画のエンドロール。」

「その星が地球と呼ばれていた頃。」

「人をあてがわれたわたしたち。」

「数えつづけた月の着替え。」

「愛と呼ばれそこねたいくつかのこと。」

「光と名付けられなかったわずかな発色。」

「送れなかったメールの下書き。」

「うたになりそこねた音符の残骸。」

「あらかじめ約束された。」

「いつか思い出にかわる日々に。」

「曖昧だが、確かにあった。」

「美しい時間のための。」

「銀河で一番静かな革命。」

わたしはカレーの鍋にサランラップをかける。明日はもっと美味しくなるだろう。寝かしつけられる前にそう宣言するかのように、カレーは甘い匂いを鼻先に送りこんだ。炊飯器の余ったお米はタッパーに入れて冷凍庫の中。少しだけどポテトサラダも残ったから小鉢に入れ、それもサランラップして冷蔵庫へ。丸机は端っこによせて、真ん中に布団を二つ、部屋の電気を暗くする。

「あんた、図書館で借りた本の返却期限って明日まででしょ？　ちゃんとカバンに入れてから寝なさい。前も延滞したんだから。」

早速、わたしの布団に潜り込もうとしてきたいろはに思い出したそのことを告げる。

「えー。明日までじゃないでしょう。もう少し先だってー。」

「ううん。お母さん、覚えてる。先週、借りたの月曜日だったよ。」

「はああい。」

いやいやというのが丸出しの声で、いろはは豆電球で照らされた薄暗い部屋の中、ナップサックの中に市の図書館で借りた本をガサゴソと入れている。もう、眠たくてゾンビのように足元がふらついているのがシルエットで伝わってきて、可愛くて笑える。

「あ、そうだ。」

いろはは、思い出したようにそう呟いて、バタバタと走って何かを取りにいく。薄目を開けると、ナップサックにお気に入りの青いガラスを入れているのが見えた。本当に好きなんだな。あのガラス。

「あー、なんだか、夜更かししたからお腹すいてきちゃったなー。ねえ、明日のご飯何かなあ？」

「カレー。」

「またカレー？　流石に毎日はイヤだよー。」

「文句言う子は食べなくていいの。」

「もーー。食べるよう。食べるってば。」

「はい。もう寝なさい。」

「うん。」

「おやすみ。」

「おやすみ。ましろ。すきだよー。」

「うん。わたしもよ。」

「うん、知ってる。おやすみなさい。」

「おやすみ。」

「うん。おやすみー。」

「おやすみ。」

本書は書き下ろしです。
JASRAC 出 1904510-901

カバー・本文写真　植本一子
ブックデザイン　鈴木成一デザイン室
ヘアメイク　AOKI
DTP　美創
編集　竹村優子（幻冬舎）

マヒトゥ・ザ・ピーポー

ミュージシャン。2009年に大阪にて結成されたバンド・GEZANの作詞作曲を行いボーカルとして音楽活動開始。2014年、青葉市子とのユニットNUUAMMを結成。2018年、GEZANのアメリカツアーを敢行し、スティーヴ・アルビニをレコーディング・エンジニアに迎えたアルバム「Silence Will Speak」を発表。2019年6月には初めてのドキュメンタリー映画「Tribe Called Discord: Documentary of GEZAN」が公開予定。さらに同年7月にはフジロックフェスティバルでの初めてのメインステージ出演が決定している。2014年からは、完全手づくりの投げ銭制野外フェス「全感覚祭」も主催。自由に境界をまたぎながらも個であることを貫くスタイルと、幅広い楽曲、独自の世界を打ち出す歌詞への評価は高く、日本のアンダーグラウンドシーンを牽引する存在として注目を集めている。本書が初めての小説となる。

銀河で一番静かな革命

2019年5月25日　第1刷発行

著者　マヒトゥ・ザ・ピーポー

発行者　見城徹
発行所　株式会社　幻冬舎
〒151-0051 東京都渋谷区千駄ヶ谷4-9-7
電話　03(5411)6211(編集)
　　　03(5411)6222(営業)
振替　00120-8-767643
印刷・製本所　株式会社　光邦

 ISBN978-4-344-03467-9 C0093
幻冬舎ホームページアドレス https://www.gentosha.co.jp/
この本に関するご意見・ご感想をメールでお寄せいただく場合は、comment@gentosha.co.jpまで。